KLEINE REIHE
HANSER

Robert Seethaler

DAS FELD

Roman

KLEINE REIHE
HANSER

1. Auflage 2025

978-3-446-28326-8

Das Hörbuch erschien 2018 im tacheles! Verlag,
gelesen von Robert Seethaler.

© 2018, 2025 Hanser Berlin in der
Carl Hanser Verlag GmbH & Co. KG, München
Kolbergerstraße 22 | 81679 München | info@hanser.de
Wir behalten uns auch eine Nutzung des Werks für Zwecke
des Text und Data Mining nach § 44b UrhG ausdrücklich vor.
Umschlag: Peter-Andreas Hassiepen, München
Motiv: © plainpicture/NaturePL/Lassi Rautiainen –
aus der Kollektion Rauschen
Satz: Sandra Hacke, Dachau
Druck und Bindung: CPI books GmbH, Leck
Printed in Germany

MIX
Papier | Fördert
gute Waldnutzung
FSC® C083411
www.fsc.org

And you who loiter around these graves
Think you know life.

Edgar Lee Masters, *Spoon River Anthology*

DIE STIMMEN

Der Mann blickte über die Grabsteine, die wie hingestreut vor ihm auf der Wiese lagen. Das Gras stand hoch und Insekten schwirrten in der Luft. Auf der bröckeligen, von Holunderbüschen überwucherten Friedhofsmauer saß eine Amsel und sang. Er konnte sie nicht sehen. Seit einer Weile schon hatte er es mit den Augen, und obwohl es mit jedem Jahr schlimmer wurde, weigerte er sich, eine Brille zu tragen. Es gab Argumente dafür, doch er wollte sie nicht hören. Wenn ihn jemand darauf ansprach, sagte er, er habe sich nun mal so eingerichtet und fühle sich wohl in der zunehmenden Verschwommenheit seiner Umgebung.

Wenn das Wetter gut war, kam er jeden Tag. Er schlenderte eine Weile zwischen den Gräbern umher und setzte sich schließlich auf eine Holzbank unter einer krummgewachsenen Birke. Die Bank gehörte ihm nicht, aber er betrachtete sie als seine Bank. Sie war alt und morsch, niemand sonst würde einer solchen Bank trauen. Er jedoch begrüßte sie wie einen Menschen, strich mit der Hand über das Holz und sagte »Guten Morgen« oder »War eine kalte Nacht, was?«

Es war der älteste Teil des Paulstädter Friedhofes, der von vielen nur das Feld genannt wurde. Früher lag an dieser Stelle die Brache eines Viehbauern namens Ferdinand Jonas. Es war ein nutzloser Flecken, übersät von Steinen und giftigen Butterblumen, und der Bauer war froh, ihn bei erster Gelegenheit an die Gemeinde loszuwerden. Wenn er schon fürs Vieh nicht taugte, war er doch für die Toten genug.

Kaum jemand kam noch hierher. Das letzte Begräbnis hatte vor Monaten stattgefunden, der Mann hatte vergessen, wer es war. Umso deutlicher konnte er sich an ein Begräbnis vor vielen Jahren erinnern, als man an einem verregneten Spätsommertag die Blumenhändlerin Gregorina Stavac in die Erde ließ. Über zwei Wochen hatte Gregorina unbemerkt in der Lagerkammer ihrer Blumenhandlung gelegen, während sich vorne im Verkaufsraum der Staub auf den welkenden Schnittblumen sammelte. Zusammen mit einer Handvoll anderer Trauergäste hatte er am Grab gestanden und erst den Worten des Pfarrers und dann nur noch dem Rauschen des Regens gelauscht. Er hatte nie mehr als ein paar Worte mit der Blumenhändlerin gewechselt, doch seit sich einmal beim Bezahlen ihre Hände berührt hatten, fühlte er sich merkwürdig verbunden mit der unscheinbaren Frau, und als die Friedhofsgärtner zu schaufeln begannen, liefen Tränen über seine Wangen.

Fast jeden Tag saß er unter der Birke und ließ seine Gedanken schweifen. Er dachte über die Toten nach. Viele, die hier lagen, hatte er persönlich gekannt oder war ihnen zumindest einmal in seinem Leben begegnet. Die meisten waren einfache Paulstädter Bürger gewesen: Handwerker, Geschäftsleute oder Angestellte in einem der Läden an der Marktstraße und ihren kleinen Seitenstraßen. Er versuchte, sich ihre Gesichter zu vergegenwärtigen, und setzte seine Erinnerungen zu Bildern zusammen. Er wusste, dass diese Bilder nicht der Wirklichkeit entsprachen, dass sie vielleicht gar keine Ähnlichkeit mit den Menschen hatten, die sie zu Lebzeiten gewesen waren. Doch das war ihm gleichgültig. Das Auf- und Abtauchen der Gesichter in seinem Kopf machte ihm Freude, und manchmal lachte er leise in sich hinein, mit vornübergebeugtem Oberkörper, die Hände überm Bauch gefaltet, das Kinn auf die Brust gesenkt. Hätte ihn in einem solchen Moment jemand aus der Ferne beobachtet, vielleicht einer der Gärtner oder ein verirrter Friedhofgänger, so hätte er den Eindruck haben können, der Mann betete.

Die Wahrheit ist: Er war überzeugt davon, die Toten reden zu hören. Er konnte nicht verstehen, was sie sagten, aber er nahm ihre Stimmen ebenso deutlich wahr wie das Vogelgezwitscher und das Summen der Insekten um ihn herum. Manchmal bildete er sich sogar ein, aus dem Schwarm der Stimmen einzelne Wörter oder Satzfetzen herauszuhören, doch so angestrengt er auch lauschte, schaffte er es doch nie, die Fragmente zu etwas Sinnvollem zusammenzusetzen.

Er malte sich aus, wie es wäre, wenn jede der Stimmen noch einmal Gelegenheit bekäme, gehört zu werden. Natürlich würden sie vom Leben sprechen. Er dachte, dass der Mensch vielleicht erst dann endgültig über sein Leben urteilen konnte, wenn er sein Sterben hinter sich gebracht hatte.

Aber vielleicht hatten die Toten gar kein Interesse an den Dingen, die hinter ihnen lagen. Vielleicht erzählten sie von drüben. Davon, wie es sich anfühlt, auf der anderen Seite zu stehen. Abberufen. Eingegangen. Aufgenommen. Verwandelt.

Dann wiederum verwarf er derartige Gedanken. Sie erschienen ihm rührselig und geradezu lächerlich, und ihn überkam der Verdacht, dass die Toten genau wie die Lebenden nur Belanglosigkeiten von sich geben würden, weinerliches Zeug und Angebereien. Sie würden Beschwerde führen und Erinnerungen verklären. Sie würden quengeln, zetern und verleumden. Und natürlich würden sie über ihre Krankheiten reden. Vielleicht würden sie sogar ausschließlich über ihre Krankheiten reden, über ihr Siechtum und ihr Sterben.

Auf der Bank unter der krummen Birke saß der

Mann, bis die Sonne hinter der Friedhofsmauer unterging. Er breitete die Arme aus, als wollte er den Flecken Erde vor sich abmessen, dann ließ er sie sinken. Er sog noch einmal die Luft ein. Sie roch nach feuchter Erde und Holunderblüten. Dann stand er auf und ging.

Auf der Marktstraße war der Feierabend herangebrochen und die Geschäftsleute trugen Kisten und Ständer mit Unterwäsche, Spielwaren, Seifen, Büchern oder billigem Ramsch in ihre Läden zurück. Überall war das Knattern von Rollläden zu hören, und vom Ende der Straße gellten die Rufe des Obst- und Gemüsehändlers, der auf einer Kiste stehend die letzten Melonen unter die Leute verteilte.

Er ging langsam. Ihm graute bei dem Gedanken, den Abend am Fenster sitzend zu verbringen und auf die Straße hinunterzuschauen. Hin und wieder hob er die Hand, um den Gruß von jemandem zu erwidern, den er nicht erkannte. Die Menschen mussten denken, er sei ein zufriedener Mann, froh um jeden Schritt auf dem sonnenwarmen Pflaster; doch er selbst fühlte sich unsicher und fremd in seiner eigenen Straße.

Vor der Auslagenscheibe an Buxters ehemaliger Pferdefleischerei blieb er stehen und beugte sich zu seinem Spiegelbild heran. Er hätte sich selbst gerne als jungen Mann gesehen. Aber in den Augen, die ihm entgegenblickten, war kein Funken mehr, der seine Vorstellungskraft hätte entzünden können. Sein Gesicht war einfach nur alt und grau und ziemlich aus der Form geraten. Immerhin hatte sich in seinem Haar ein hellgrünes Blättchen verfangen. Er schnippte es weg und blickte zurück. Auf der anderen Straßenseite lief die verwirrte Margarete Lichtlein und zog ihren Handwagen, gefüllt mit Einkäufen, die sie nie gemacht hatte. Er nickte ihr hinterher, dann ging er weiter. Er lief nun schneller als zuvor. Ein Gedanke war ihm gekommen, oder vielmehr eine Ahnung, die Zeit seines Lebens betreffend: Als junger Mann wollte er die Zeit vertreiben, später wollte er sie anhalten, und nun, da er alt war, wünschte er sich nichts sehnlicher, als sie zurückzugewinnen.

Das war der Gedanke des alten Mannes. Noch wusste er nicht, welchen Nutzen er daraus ziehen sollte, jedenfalls wollte er jetzt erst einmal nach Hause, denn mit Sonnenuntergang wurde es kühl. Er würde zu seinem Vorratsschrank gehen und sich einen kleinen Schluck genehmigen. Dann würde er seine weiche braune Hose anziehen und sich an den Küchentisch setzen, und zwar mit dem Rücken zum Fenster. Er war nämlich der Meinung, nur auf diese Weise, mit dem Rücken zur Welt, in aller Ruhe und ganz ohne Ablenkung, ließe sich ein Gedanke zu Ende denken.

HANNA HEIM

Als ich starb, hast du bei mir gesessen und meine Hand gehalten. Ich fand keinen Schlaf. Ich brauchte schon lange keinen Schlaf mehr. Wir redeten. Wir erzählten uns Geschichten und erinnerten uns. Ich sah dich an, so wie ich dich immer gerne angesehen hatte. Du warst kein schöner Mann. Du hattest eine viel zu große Nase und müde Lider, und deine Haut war blass und fleckig. Du warst kein schöner Mann, aber du warst mein Mann.

Erinnerst du dich: Ich war neu an der Schule, und schon am ersten Tag fragtest du mich im Lehrerzimmer, was mit meiner Hand los sei. Sie ist verkrüppelt, sagte ich, kann man nichts machen. Du hast sie genommen und angesehen. Dann zeigtest du aus dem Fenster und sagtest, siehst du den Baum dort? Seine Äste sind nicht verkrüppelt, sondern einfach nur krumm, und zwar deshalb, weil sie der Sonne entgegenwachsen. Ich fand das, ehrlich gesagt, ziemlich gefühlsduselig. Aber es gefiel mir, wie du mit dem Daumen über meine Finger strichst. Und ich mochte diese unglaublich große Nase. Ich glaube, ich fand dich ein bisschen scharf.

Fünfzig Jahre später hieltest du immer noch meine

Hand. Es kam mir vor, als hättest du sie nie losgelassen, und das sagte ich dir auch. Du lachtest und meintest, das stimmt, hab ich auch nicht!

Ich weiß nicht mehr, was meine letzten Worte waren. Aber natürlich waren sie an dich gerichtet, wie könnte es anders sein. Ich habe dich noch gefragt, ob du das Fenster öffnen würdest. Ich dachte, ich könnte ein wenig frische Luft gebrauchen. Aber dann? Was habe ich dann gesagt?

Ich kann mich jedoch gut an meine ersten Worte an dich erinnern. Es war noch vor der Unterhaltung im Lehrerzimmer. Ich kam am Morgen und sah, wie du vor mir den Schulhof überquertest. Ich hielt dich an und fragte dich nach dem Weg zum Direktorenzimmer. Entschuldigung, sagte ich, ich bin neu hier, können Sie mir helfen? Ich fragte dich, obwohl ich den Weg kannte. Du sagtest nur, kommen Sie mit, Fräulein, und liefst dann schweigend voran. Du liefst mit großen, schweren Schritten, den Oberkörper leicht nach vorne geneigt, die Hände hinter dem Rücken verschränkt, so wie du immer gelaufen bist. Die Morgensonne schien, und der Schatten des Eingangstors legte sich als breitgefächertes Streifenmuster über die Betonfläche. Ich trug ein mintgrünes Bleistiftkleid mit einem weißen Kragen. Ich hatte das Kleid von einer Tante geschenkt bekommen und in stundenlanger Arbeit auf meine Größe zurechtgeschneidert. Den Kragen hatte ich aus einem alten Hemd meines Vaters geschnitten und angenäht. Damals hatte ich die Hoffnung, er gäbe meiner Erscheinung etwas Selbstbewusstes und Forsches. Doch schon während ich hinter dir über den Hof lief, kam er mir altmodisch und steif vor, und ich schämte mich.

Ist es nicht seltsam: Ich erinnere mich an die Farbe des Kleides, das ich vor so vielen Jahren trug, aber ich kann mich nicht erinnern, in welcher Jahreszeit ich starb.

Ich wäre nie auf die Idee gekommen, dass du Lehrer sein könntest. Ein Teil von mir saß wohl noch mit Schulranzen und Zöpfchen im Klassenzimmer, also mussten in meiner Vorstellung alle Lehrer alt sein. Alte, graue Frauen und Männer, die nach Kaffee und Kreide rochen und deren Autorität sich mit den Jahren abgewetzt hatte wie die Ärmel ihrer Wollwesten. Du aber warst jung. Du trugst ein zerknittertes Hemd mit offenem Kragen und Ledersandalen. Niemand trug zur damaligen Zeit Sandalen. Vielleicht dachte ich, du wärst der Vater eines Schülers oder der Schulwart, ich weiß es nicht mehr, jedenfalls kein Lehrer. Vielleicht dachte ich auch nichts von alledem, während ich hinter dir auf das Schulgebäude zuging, sondern betrachtete nur die Hände auf deinem Rücken. Deine Fingerkuppen sahen so rosig aus, als glühten sie, als leuchteten sie aus eigener Kraft, ganz aus sich selbst heraus.

Du öffnetest das Fenster. Deine Gestalt als Schattenriss. Der Vorhang, der sich für einen Augenblick in der Zugluft bauscht. Das Licht. Es muss immer noch Tag gewesen sein. Oder schon wieder Tag? Als du aufgestanden bist, um zum Fenster zu gehen, hast du meine Hand abgelegt. Du hast sie nicht einfach losgelassen, du hast sie auf das Kissen neben meinen Kopf abgelegt, und ich atmete die letzten Atemzüge meines Lebens in meine kleine, verkrüppelte Hand hinein.

Du mochtest keinen Kaffee. Der Kaffee schwärzt nicht nur die Zähne, sondern auch die Herzen, sagtest du im Lehrerzimmer, schau dich um: eine Kollegenschaft der schwarzen Herzen, alle miteinander Kreaturen des Teufels! Einige lachten. Die meisten taten, als hätten sie nichts gehört. Nur das alte Mathegenie Juchtinger nahm dich beim Wort. Er stieß die Fenster auf und ließ die warme Luft herein. Erleuchte uns Gesellen der Finsternis, rief er und blinzelte mit seinen entzündeten Augen ins Sommerlicht hinaus.

Ich lag im Bett und lauschte dem dumpfen Rauschen der Heizungsrohre in der Wand. (Also war es Winter?) Die Schmerzen, die so lange an mir gerissen hatten, trug ich nur noch als leise Erinnerung in mir. Irgendwann waren sie plötzlich weg, aber ich wusste, dass diese Erleichterung nur den Anfang des endgültigen Abschieds bedeutete. Doch es blieb noch ein wenig Zeit. Und du hast an der Bettkante gesessen und meine Hand gehalten. Und wir erzählten uns …

Kommen Sie mit, Fräulein! Ich habe die Ironie in deinen Worten nicht gleich verstanden. Mir kam die Anrede selbstverständlich vor. Wir gingen hintereinander über das Schattengitter auf der Betonfläche. Ich konnte unsere Schritte hören, deren Hall die von der Sonne geröteten Mauern zurückwarfen. Wir gingen schweigend. Aber jetzt fällt mir ein: Wir haben doch noch gesprochen, kurz bevor wir in den Schatten der Vorhalle eintauchten. Vorsicht, sagtest du. Und ich sagte: Ja. Aber wovor wolltest du mich warnen?

Deine Gestalt am Fenster. Die leicht nach vorne gesunkenen Schultern. Dein schmaler, schmaler Rücken. Dahinter, auch jetzt noch, deine verschränkten Hände. Wie oft habe ich dich so stehen sehen? Von dem Tag an, als wir die Wohnung bezogen, liebtest du es, auf die Straße hinunterzusehen. Manchmal, wenn ich vom Nachmittagsunterricht oder vom Einkaufen zurückkam, sah ich dich schon von weitem dort oben am Fenster stehen. Hatte ich schwere Einkaufstüten bei mir, stellte ich sie ab, um dir zu winken. Weichselstraße 11, zweiter Stock. Wer hätte gedacht, dass unsere erste gemeinsame Wohnung auch unsere letzte sein würde?

Als wir das Schulgebäude betraten, warst du plötzlich verschwunden. Sicher war es der Kreislauf, ich hatte in der Nacht kaum geschlafen und am Morgen nichts gegessen, und für einige Augenblicke stand ich in einer schwankenden Dunkelheit. Als ich wieder auftauchte, warst du schon an der großen Treppe. Ohne dich nach mir umzusehen, liefst du rasch hoch, immer zwei Stufen auf einmal. Und ich hinterher. Unsere Schritte klapperten und hallten in der kühlen Stille.

Du hast meine Hand gehalten. Mit dem Daumen hast du über meine Finger gestrichen, über diese schiefen Ästchen. Deine andere Hand lag in deinem Schoß. Wenn du erzähltest, waren deine Augen geschlossen. Hinter den Lidern huschten die Augäpfel den Bildern hinterher. Das Tageslicht lag auf deinem Gesicht. Dann das Licht der Nacht. Oft hörte ich das Ticken der Armbanduhr in deinem Schoß, und die Tage und Nächte zogen vorüber, als wären sie zu Stunden geschrumpft. Manchmal schliefen wir miteinander ein, und als wir aufwachten, war es wie vorher.

Du fragtest mich, woher ich eigentlich käme, und ich stellte mich dumm. Ich komme von draußen, sagte ich, woher denn sonst? Ich glaube, ich kam mir damit ziemlich verwegen vor. Unten im Hof war jetzt das helle Rufen und Schreien der Kinder zu hören. Mit einem kollektiven Seufzen begann das Lehrerzimmer sich zu bewegen. Der alte Juchtinger schloss zuerst das

18

Fenster und dann die Augen. Dein Daumen lag still. Von draußen ist weit her, mein Fräulein, aber jetzt sind Sie hier!

Du legtest meine Hand auf dem Kissen ab. Der Stoff fühlte sich glatt und kühl an. Mein warmer Atem. Das Knarren der Dielen unter deinen Schritten. Dein Rücken, deine Schultern im Rahmen des offenen Fensters. Um dich herum schien das Licht zu pulsieren. Ich glaube, ich hörte einen Rasenmäher knattern. Oder war es der Schneepflug? Habe ich dir gesagt, du sollst das Fenster wieder schließen? Habe ich von morgen gesprochen? Habe ich dir gesagt, dass ich dich liebe? Erinnerst du dich?

GERD INGERLAND

»Es gibt auf dieser Welt Schafe und Wölfe, aber es gibt keine Wahl. Du kannst es dir nicht aussuchen, verstehst du? Es ist keine Entscheidung, es ist Schicksal. Aber du hast Glück: Du bist ein Wolf. Du bist stark und ausdauernd. Du wirst nicht gefressen. Du frisst. Niemand weiß, wie Wolfsfleisch schmeckt. Das Schicksal ist auf deiner Seite. Du bist einer von uns.«

Ich war zehn, als Papa das zu mir sagte. Er arbeitete in der Bank, und in seinem Schrank hingen etwa zwanzig Krawatten und eine Reihe gebügelter und gebürsteter Anzüge. »Es ist gut, wie es ist, und es wird immer noch besser«, sagte er, wenn er auf der Couch saß und im Zimmer umherblickte. Mama, die neben ihm saß, legte ihre Hand auf seine und nickte. Ihre Finger spielten mit den langen schwarzen Haaren auf seinem Handrücken. Ich habe nie begriffen, ob sie die Haare mochte oder hasste. So wie sie an ihnen zog und zupfte, sah es aus, als wollte sie sie ausreißen.

Auch meine erste Erinnerung hat mit Haaren zu tun. Ich bin winzig klein und sitze auf dem Boden hinter einem Vorhang. Irgendwo steht ein Fenster offen, der Vorhang bewegt sich, durch den Stoff flimmert Sonnenlicht. Dann wird er weggezogen und meine Mutter steht da und weint. Vielleicht lacht sie auch, in meiner Erinnerung macht das keinen Unterschied. Sie hebt mich hoch. Ihre Haare riechen nach Küche und Sonntagmorgen. Sie sind lang und blond und ich habe das Gefühl, als könnten sie meinen ganzen Körper bedecken, als könnte ich in Mamas Haaren verschwinden.

Später zogen wir in eine Dachwohnung hinter der Marktstraße. Die Wohnung war eng und niedrig, aber ich konnte die Tauben auf den umliegenden Dächern beobachten. Manchmal ließ sich ein Turmfalke blicken, und in der Abenddämmerung torkelten Fledermäuse über den Schornsteinen wie kleine, betrunkene Schatten.

Ich sammelte Käfer, Fliegen und andere Insekten. Ich versuchte sie lebendig zu fangen und steckte sie in eine kleine Metalldose. Wenn man die Dose ans Ohr hielt, konnte man ihnen beim Sterben zuhören. Dann trockneten sie langsam aus und wurden hart wie Kieselsteine.

Papa ging zur Bank, ich ging zur Schule und Mama legte jeden Morgen vor dem Frühstück unsere Sachen über die Stuhllehnen: einen frischen Anzug für ihn und Hemd und Hose für mich. Sie tat das mit einem merkwürdig verschobenen Lächeln. Fast alles tat sie mit diesem schiefen Lächeln im Gesicht. Ich konnte nicht genau sagen, was es bedeutete, aber ich hatte die Vorstellung, sie sei vielleicht stolz auf uns.

Ich wurde größer, hatte Freunde, interessierte mich für Mädchen, und die Schule machte mir keinerlei Probleme. Alles war, wie es sein sollte. Ich glaubte verstanden zu haben, dass das Leben eine lohnenswerte Angelegenheit war. Ohne zu wissen, wohin er mich führen würde, war ich sicher, den richtigen Weg gefunden zu haben.

Dann geschah etwas. Es war Spätsommer, ich war gerade siebzehn geworden. Wir waren zu dritt und überquerten den Schulhof, eine weite, schattenlose Betonfläche. Vor uns erhob sich das gusseiserne Tor zur Straße. Es war hoch wie ein Einfamilienhaus, schwarz mit goldenen Spitzen, die in der Nachmittagssonne leuchteten. Über den Himmel zog ein Schwarm Seidenschwänze und warf einen flirrenden Schatten auf den Hof. Einige Augenblicke bewegte sich der Schwarm hoch und nieder wie ein Schleier im Wind, ehe er plötzlich hinter dem Schulgebäude absank und verschwand. Es war heiß. Auf dem Beton waren die Kaugummis von Generationen von Schülern weich geworden und klebten bei jedem Schritt unter den Sohlen.

Auf der Straße stand Johannes Storm, ein Junge aus der Nachbarklasse. Er war nicht besonders groß, aber seine Schultern waren breit und kräftig, sein Brustkorb ausladend wie ein Fass. Er hatte einen großen, kindlichen Kopf und kurzes, blondes Haar. Seine Augen standen eng beisammen, und wenn er mit jemandem sprach, konnte er ihm kaum ins Gesicht sehen. Außerhalb der Schule hatte niemand mit ihm zu tun. Doch jeder wusste, dass er bei seiner Mutter lebte, einer derben Frau, die vor den Läden an der Marktstraße den Gehsteig schrubbte und die Auslagenscheiben putzte.

Er stand da und rauchte. Dabei starrte er auf den Boden, als gäbe es dort etwas ungemein Interessantes zu entdecken. Wir stellten uns vor ihm auf und ich sagte, er solle mir eine Zigarette geben. Er schüttelte nicht einmal den Kopf. An seiner Schläfe glänzte eine Kette winziger Schweißperlen. In der linken Hand hielt er die Zigarette, die rechte steckte in seiner Hosentasche. Ich sagte, ich wolle keinen Ärger, nur eine Zigarette. Er antwortete nicht. Auf der Straße scheppterte ein mit Schutt und Metallteilen beladener Laster vorüber. Die Hand des Fahrers hing aus dem Seitenfenster, seine Finger klopften auf dem Blech den Takt zu einer unhörbaren Musik. Der Laster bog ab, das Scheppern verhallte. Aus dem Schulgebäude drang das Geschrei einiger Mädchen, dann knallte ein Fenster zu und es war still.

»Wolltest du nicht eine Zigarette, Gerd?« Meine Freunde standen einen halben Meter hinter mir. Damals galten wir als unzertrennlich. Nur wenige Jahre später konnte ich mich nicht einmal mehr an ihre Gesichter erinnern.

Ich trat einen Schritt an Storm heran. »Du möchtest doch bestimmt keinen Ärger«, sagte ich. »Oder? Möchtest du Ärger, Storm?«

Er antwortete nicht. Er stand bloß da, sah auf den Boden und blies den Zigarettenrauch vor sich hin. Dann ließ er den Zigarettenstummel fallen und blickte hoch. Er sah an uns vorbei in Richtung Schulhof, über den jetzt ein paar kleine Kinder rannten. Ich spürte, wie der Schweiß an meinem Nacken hinunterlief. Es fühlte sich an, als würde die Hitze durch jede Pore dringen und mein Inneres komplett ausfüllen. Ich sah ihm ins Gesicht und sagte: »Jetzt fresse ich dich!«

Es ist verrückt, aber ich wollte es wirklich tun. Ich versuchte ihn zu packen und an mich zu reißen, doch ehe ich ihn am Kragen erwischen konnte, zog er blitzschnell seine Faust aus der Hosentasche und versetzte mir einen Schlag in den Magen. Ich kippte mit dem Oberkörper nach vorne, doch ehe ich wegsacken konnte, rammte er mir sein Knie vor die Stirn, und ich taumelte gegen die eisernen Stangen, an denen ich langsam aufs Pflaster sank. Hoch oben sah ich, wie die Goldspitzen sich wiegten wie Schilf im Wind. Storms Kopf tauchte über mir auf. Ich wollte davonkriechen, aber ich wusste nicht wohin, und da schloss ich die Augen und legte die Hände vors Gesicht. Ich spürte mein Ohr, das auf dem Boden pochte, lauter und immer lauter, und für einen Moment war es, als könnte ich durch die Pflastersteine hindurch den Puls der Erde fühlen.

Ich brachte die Schulzeit zu Ende, im Großen und Ganzen erfüllte ich die Erwartungen. Als ich zum letzten Mal durchs Tor trat, drehte ich mich nicht mehr um, sondern hielt den Blick starr nach vorne gerichtet. Ich wollte daran glauben, dass ich mich immer noch auf dem Weg befand.

Mit neunzehn verließ ich Paulstadt, um zu studieren. Als der Bus an einem milden Morgen die Stadt verließ, lachte ich, aber es war ein mattes Lachen, ich traute ihm nicht mehr.

Ich hatte vor, das Studium so schnell wie möglich hinter mich zu bringen und dann Karriere zu machen. Ich besuchte Vorlesungen, schrieb mich in Seminare ein und versuchte mich am Studentenleben zu beteiligen. Wir trafen uns täglich in einer der Kneipen, die um die Universität verstreut lagen. Es wurde viel geredet. Meistens ging es um Politik, und da immer Alkohol im Spiel war, wurden die Gespräche leidenschaftlich. Ich hielt mich mit dem Trinken zurück. Eine unbestimmte Angst saß mir im Herzen, und manchmal, wenn es zu laut wurde oder jemand mit vor Streitlust verzerrtem Gesicht aufsprang, fühlte ich das kalte Entsetzen in mir aufsteigen. »Hört auf«, rief ich dann. »Bitte hört auf!« Aber die anderen lachten bloß, und ich beschränkte mich darauf, stumm am Rande zu sitzen; wenn mich jemand ansah, versuchte ich zu lächeln.

Im zweiten Jahr verliebte ich mich in ein Mädchen. Sie war wunderschön, zumindest dachte ich das. Ihre Haut hatte die Farbe von Blütenhonig und war von keiner einzigen Unreinheit entstellt, kein Fleckchen, nichts. Sie war glatter und weicher als alles, was ich bis dahin gesehen oder berührt hatte. Ich war krank vor Sehnsucht, wenn ich nicht in ihrer Nähe war, doch als ich eines Tages an der Schwelle ihrer Wohnung stand und von der Weichheit ihrer Haut sprach, lachte sie so schallend, dass ich den Widerhall im Treppenhaus noch zu hören glaubte, als ich längst vor Scham und Wut zitternd auf der Straße stand.

Es fühlte sich an, als wäre mein brüchig gewordenes Herz endgültig zerfallen. Ich gab die Studententreffen auf und verbrachte meine Abende alleine auf dem Zimmer. Die Wochen vergingen, ein Tag verlief wie der andere, bis mir jemand die Nachricht in einem blassgelben Umschlag durch den Türspalt schob.

Papa ist tot.

Man liest die Worte und begreift sie nicht. Es ist

kein Schmerz und keine Traurigkeit. Es ist einfach nur merkwürdig. Die Zeit um einen herum scheint stillzustehen, verfestigt zu einer Art Gelee, um das die eigenen Gedanken schwirren wie im Herbst träge gewordene Fliegen. Und im Nachbarzimmer läuft immer dasselbe Lied im Radio, immer wieder, immer wieder.

Mama und ich richteten das Begräbnis aus. Es war kein Abschied, es war eine Erledigung. Am Grab weinten wir nicht. Die Bank schickte ein bisschen Geld, und ich bezog wieder mein altes Zimmer, wo ich in einer Schublade die Dose mit den Insekten fand. Ich warf sie nicht weg, doch ich öffnete sie auch nicht. Ich beließ die Dinge an ihrem Platz und richtete mich wieder ein im kleinen Königreich meiner Kindheit.

Mit Papas Tod hatte Mama aufgehört zu lächeln. Das schiefe Lächeln schien sich einfach aufgelöst zu haben. Und mit dem Lächeln lösten sich auch ihr Gesicht und später ihre ganze Person auf. Meine Mutter verschwand fast unmerklich, und erst viele Jahre nach ihrem Tod begriff ich, dass ich alleine war.

Ich kam im Versicherungskontor Lainsam & Söhne unter, wo ich mir mit drei Frauen ein Büro teilte. Unsere Aufgabe war es, Rechnungen zu sortieren und Bilanzen zu prüfen. Eine der Frauen, Sonja, war davon überzeugt, in mir etwas zu erkennen, und eines Abends verabredeten wir uns. Wir tranken Wein und das war ein Fehler, denn danach wollte sie zu mir nach Hause. Ich nahm sie mit und wir saßen auf dem Sofa. Ich erzählte ihr Dinge, die ich mir aus dem Stegreif zusammenreimte, und fast hätte ich nicht mitbekommen, als sie mich zum ersten Mal berührte. Später lehnte sie ihre Wange gegen meine Wange und ich roch an ihr, benommen vom Wein und vom Duft ihrer Haare, und vielleicht wäre alles anders verlaufen, wenn mir nicht ein Malheur passiert wäre. Sie sagte, ich solle mir nichts draus machen, so etwas könne jedem passieren. Dabei streichelte sie mir über den Kopf, wie man einen kleinen Jungen streichelt.

Ein paar Wochen nach diesem Erlebnis kündigte Sonja. Sie wolle den Aufbruch wagen, sagte sie, ein neues Leben beginnen, und während ich zusah, wie sie ihren Arbeitsplatz räumte, hatte ich das unbestimmte Gefühl, dass sie mit den Dingen, die sie mit einer schwungvollen Armbewegung vom Schreibtisch in ihre Handtasche wischte, auch meine Möglichkeiten als Mann mit sich forttrug.

Ich war verwirrt und fühlte mich wie vor den Kopf gestoßen. Dennoch empfand ich auch eine gewisse Erleichterung, und vielleicht hätte ich Sonja schon bald nur noch als verschwommenes Erinnerungsbild in mir getragen, wenn ich sie nicht drei Wochen später an einer Straßenecke in enger Umarmung mit Johannes Storm gesehen hätte.

Es regnete schon seit dem frühen Morgen, ein kalter, nieseliger Novemberregen, die Stadt lag im Nebelgrau der Dämmerung und in den Pfützen zitterten die Lichter der Straßenlaternen und Leuchtschilder. Ich war auf dem Heimweg vom Büro und hastete über die Marktstraße, auf der Herbstblätter trieben wie auf einem dunklen Fluss, als ich die beiden sah. Sie standen unter dem Vordach von Sophie Breyers Tabakladen. Er hielt sie mit beiden Armen, ihr Kopf lehnte an seiner Brust. Sie hatte die Augen geschlossen, er hatte seinen Kopf leicht gehoben und blickte in den Regen. Ich hatte ihn seit der Schulzeit nicht mehr gesehen, er war an den Schläfen grau geworden, doch sein Gesicht mit den eng beieinanderliegenden Augen schien kaum gealtert zu sein. Seine Hand bewegte sich langsam an ihrem Rücken hinunter. Eine Bewegung ging durch seinen Körper, wie ein Frösteln. Dann wandte er sein Gesicht in meine Richtung, und im selben Augenblick sah ich, wie sich seine Nasenflügel weiteten.

Das alles ist lange her. In meiner Erinnerung hat es nicht mehr aufgehört zu regnen, die Welt versank. Jetzt liege ich hier, zwischen meinen Eltern. Es war kein weiter Weg. Aber es ist ruhig, und in manchen Nächten kann ich von weit her ein Heulen hören. Ganz leise zuerst, ein gleichmäßiger, heller Ton, wie das Weinen eines Kindes, dann aber rasch anschwellend, lauter und drängender, bis er die ganze Nacht zu füllen scheint. Ich liege still und lausche dem Geheul der Wölfe, bis es plötzlich abbricht. Dann weiß ich: Es ist nur der Wind, der durch das Loch in der Friedhofsmauer zieht. Durch dieses kopfgroße Loch, das der verkommene Sohn des alten Schwitters im Bierrausch in die Mauer getreten hat.

SONJA MAYERS

An Samstagen besuchte ich nach der Schule meinen
Großvater. Wir saßen an seinem Tisch und spielten
Schach. Er vergaß zwischendurch meinen Namen.
Manchmal fragte er, wann seine Frau nach Hause
kommen würde. Oma war seit zwanzig Jahren tot,
aber das konnte ich ihm nicht sagen. Ich sagte, sie
kommt heute später. Das beruhigte ihn, und wir
konnten weiterspielen. Auf der Kommode stand ihr
Foto. Eine junge Frau, nicht besonders hübsch, nichts
an ihrem Gesicht fiel auf. Sie trug eine helle Bluse und
eine Kette um den Hals. Ihr Lächeln war dünn und
verriet nichts, aber Opa war der Meinung, sie mache
sich lustig über ihn. Einmal nahm ich das Foto aus
dem Rahmen, um es mir genauer anzusehen. Auf der
Rückseite stand mit Bleistift etwas geschrieben.

21/3/III.
Ich wurde krank
und starb
als Heldin
meiner Tragödie
mit dem Titel:
ALLES VERGEBENS

Opa wusste auch nichts damit anzufangen. Ich steckte das Foto zurück in den Rahmen und wir spielten weiter. Er dachte lange nach, dann sagte er: Ich stell mal meinen Soldaten auf C7.

PFARRER HOBERG

Ich war drei Jahre alt, als der Krieg zu Ende ging, und fünf, als Vater an einem Novembertag nach Hause kam.

Er stand bleich, mit einem Ledersack über der Schulter im Türrahmen und schaute auf mich herab. Er trug einen schweren, offenen Mantel und einen löchrigen Pullover darunter, und als er mich hochhob und mein Gesicht an seine Brust drückte, spürte ich die Feuchtigkeit in der Wolle. In der Küche hinter mir stand Mutter. Die Wetteransage aus dem Radio überdeckte ihr abgerissenes Schluchzen.

Am Sonntag darauf gingen wir zur Messe. An der Hand meines Vaters, an der Hand meiner Mutter betrat ich zum ersten Mal den hohen Raum. Hinter den Mosaikfenstern wankten die Kronen der Kirchhofkastanien, und die bunten Heiligen schienen zu leben.

Mit uns zog der Wind durchs Tor und schlug flackernde Wellen durch die Flammenreihen der Andachtskerzen. Mutter hielt ihre Hände darüber und befahl mir, es ihr gleichzutun.

Wir wärmen unsere Hände an den Wünschen der Menschen, sagte sie.

Die Sitzreihen waren dicht besetzt. Die Leute in ihren dunklen Mänteln und den Pelzmützen auf den gesenkten Köpfen sahen aus wie eine Herde müder, schwerer Tiere. Hier und da war ein Flüstern zu hören, ein unterdrücktes Husten, ein Knarren im Holz.

Atemhauch dampfte.

Als die Orgel einsetzte, wollte ich aufspringen und ins Freie rennen. Der Ton füllte den Raum bis unters Kreuzgewölbe. Er schien die Kraft zu haben, die Mauern zu sprengen. Da fühlte ich die Hand der Mutter auf dem Knie und blieb.

Während des Kyrie spürte ich zum ersten Mal den Druck, und nach der ersten Lesung konnte ich es kaum noch ertragen.

Ich muss, sagte ich.

Jetzt nicht, sagte Vater.

Ich versuchte es zu halten. Gekrümmt, die Fäuste in den Schoß gepresst, saß ich zwischen den steifen Mänteln meiner Eltern und murmelte Beschwörungen. Beim Evangelium begann ich still auf meine Knie zu weinen und bei der Tempelreinigung richtete ich mich auf.

Ich muss, sagte ich.

Bleib sitzen, sagte Vater.

Da öffnete ich die Arme und ließ los. Wenn aber des Menschen Sohn kommen wird in seiner Herrlichkeit und alle heiligen Engel mit ihm, dann wird er sitzen auf dem Stuhl seiner Herrlichkeit, verkündete vorne der Priester, während ich mir in die Hose machte und mir die Tränen übers Gesicht liefen.

Du trägst die Hose bis zur Nacht. Du hast Gott dem Vater Schande gemacht.

Wiederum an einem Sonntag, knapp vierzehn Jahre später, starb Vater an dem Lungenleiden, das ihm seit seiner Heimkehr zu schaffen gemacht hatte. Letztendlich ging es schnell, er brauchte niemandem Lebewohl zu sagen, und noch vor dem Mittag wurde er aus dem Haus getragen, dürr und leicht wie ein Bündel trockenes Reisig.

Wenige Wochen darauf folgte ihm Mutter nach. Auf dem Heimweg, den vollen Einkaufskorb im Arm, blieb sie plötzlich stehen, legte ihren Kopf in den Nacken und schien für einige Augenblicke einen fernen Punkt im wolkenlosen Himmel anzuvisieren, ehe sie zur Seite taumelte und mitten auf dem Gehweg tot zusammenbrach. Aus dem Korb kullerten vier große, rote Sommeräpfel und rollten auf die Straße, wo sie eine Weile leuchtend in der Sonne lagen, ehe sie einer nach dem anderen unter die Räder des Feierabendverkehrs gerieten.

Ich war nun allein. Meine Vorstellungen vom langen Rest des Lebens waren verworren, und ich machte mich auf die Suche. Ich sprach mit den Leuten, die mir begegneten, doch sie sagten mir nichts. Ich stand stundenlang vor dem Grab meiner Eltern, und sie sagten mir erst recht nichts. Ich setzte mich im Goldenen Mond an den Tresen, doch vom Schnaps und von der Dumpfheit meiner Gedanken wurde mir nur übel. Ich setzte mich in den Bus und fuhr hinaus, weit über die Felder bis zur Endstation und wieder zurück. Ich lehnte meine Stirn gegen die Scheibe und sah, wie die vorbeiziehende Landschaft hinter meinem Atemhauch verschwand, doch weiter geschah nichts.

Eines Tages ging ich in die Kirche. Ich setzte mich auf den Platz, wo ich einst den Dingen ihren Lauf gelassen hatte. Ich erinnerte mich an das Gefühl der Geborgenheit zwischen den Körpern meiner Eltern. An die Wärme der Mutter. An den Vater, der so groß war und doch nur einer unter vielen. Und ich erinnerte mich an den verbotenen, unbezwingbaren Drang und an die von Scham und Lust begleitete Erlösung.

Von nun an kam ich jeden Tag, und irgendwann entdeckte mich der Pfarrer. Ich war immer darauf bedacht gewesen, alleine zu sein, meist kam ich mittags, da sich um diese Zeit nicht einmal die Ältesten und Einsamsten in die Kirche verirrten. Umso mehr erschrak ich, als er plötzlich neben mir stand. Er war klein und seine Statur wirkte fraulich und zart in der Soutane, mit dem schwarzen Zingulum um den Bauch. Ich fühlte mich wie auf frischer Tat ertappt, und als ich aufblickte und in sein Gesicht sah, schossen mir Tränen in die Augen.

Ich habe dich beim Namen gerufen, du gehörst mir.

Obwohl mir die Zuneigung des Pfarrers den Weg bereitete, erinnere ich mich nicht an seinen Namen. Ich kann mich auch nicht erinnern, ihn jemals gehört zu haben. Er meinte einmal, nur Ämter und Behörden interessierten sich für Namen, vor Gott hießen wir alle nur Mensch. Das gefiel mir. Ich mochte ihn sehr. Und schon nach unserer ersten Begegnung, nachdem er mir mit dem Daumen das Wort auf die Stirn geschrieben hatte und ich aus dem Kirchenschatten ins helle Sonnenlicht getreten war, beschloss ich, ihm nachzueifern und den Beruf des Pfarrers zu ergreifen. Meine Suche war zu Ende. Er hatte mich gefunden. Ergriffen von Zuversicht und Freude lachte ich den Bauarbeitern zu, die auf der anderen Straßenseite auf ihrem Gerüst saßen. Sie sagten nichts, bissen nur stumm in ihre Semmeln. In ihren Flaschen schwappte das Bier.

Das Priesterseminar war weit weg von zuhause, ich fühlte mich fremd und galt als sonderbar. Ich hatte weder Freunde noch Feinde. Die anderen gingen mich nichts an. Ihre Sehnsüchte hatten mit meinen nichts zu tun. Während sie abends Fußball spielten oder Psalmen aufsagten, kniete ich in meiner Kammer und betete so lange gegen die Wand, bis ich in den Rissen im Kalkverputz den gesternten Schutzmantel der Mater Ter Admirabilis erkannte.

Aus reiner Dankbarkeit ritzte ich mir mit der Rasierklinge drei Kreuze in die Brust. Ich erzählte niemandem davon.

Nach Abschluss des Seminars blieb ich noch eine Weile in der Fremde, doch dann starb der Pfarrer. Er hatte mich als seinen Nachfolger empfohlen, und so kam ich nach Hause, um den Dienst an der Gemeinde anzutreten. Die Menschen misstrauten mir. Sie steckten die Köpfe zusammen und tuschelten. Sie lächelten über mich, diesen jungen, schmalen, sonderbaren Mann, der sonntags vor dem Kirchentor stand und jeden einzelnen von ihnen mit Handschlag begrüßte. Doch Er hatte mich erwählt, und wenn ich predigte, sprach Er aus mir. Und Seine Botschaften waren nicht nur die der Freude und der Befreiung. Es waren auch Botschaften vom Schrecken der Liebe, von der Mühsal der Geduld und vom Opfer der Hingabe, und oft stand ich am Altar, von loderndem Eifer gepackt und rief: Euer Schmerz wird vergehen, denn ihr seid in Gott, und Gott ist in euch!

Es war ein Gedanke in mir. Eine Idee, die sich in meinem Herzen entzündet hatte, die mich durch die Tage trieb und mich die Nächte durchwachen ließ. Ich wollte den Menschen den Weg weisen. Ich wollte sie reinigen und stärken und ich wollte, dass sie mir folgten. Und ich wusste, ich wusste!, ich hätte die Kraft dazu.

Eines Morgens im Sommer jenes Jahres, in dem der Regen ausgeblieben war und die Häuser grau vom Staub der Felder waren, ging ich zur Kirche, um mich vor den Altar zu werfen. Ich war die ganze Nacht durch die Stadt gelaufen und hatte mit immer wieder aufwallenden Gefühlen des Zweifels und der Vergeblichkeit all meiner Bemühungen gerungen. Unterm Mond war ich durch die stillen Straßen gegangen, immer nur den Hall meiner eigenen Schritte im Ohr, und hatte zu Ihm gesprochen: Mein Vater, steh mir bei, lass mich nicht verzweifeln im Angesicht der Düsternis, leite meine Füße, stärke meine Hände, belebe meinen Geist und vertreibe die Angst aus meinem Herzen, leite mich, mein Vater, auf dass ich die Menschen leiten kann, heraus aus dem Gestrüpp der Unwissenheit und den Dornen der Falschheit auf den Weg zum einzigen Licht.

So lief ich durch die Nacht, bis endlich der Morgen graute und die Stadt sich aus der Dunkelheit erhob. Ich sah, wie die letzten Nachtschatten aus dem Goldenen Mond torkelten und sich voneinander entfernten. Ich sah, wie die Blumenhändlerin die Sträuße frischer Königsrosen, Nelken und Hyazinthen, die sie vom Großmarkt geholt hatte, aus dem Wagen in ihr Geschäft lud. Und ich sah zwei alte Frauen, die auf einer Bank saßen und auf eine Taube blickten, die zu ihren Füßen Krümel pickte.

Hinter dem Rathaus balancierte ein schmächtiger Junge am Rande des Gehwegs und zog einen Hund hinter sich her. Immer wieder riss er mit Gewalt an der Leine, und der Hund winselte, während er sich vergeblich in den Boden stemmte. Komm weiter, sagte der Junge, sonst gibt es was. Er hatte eine helle, kindliche Stimme, die vor Anspannung und Ärger zitterte. Der Hund stieß ein kurzes, würgendes Husten hervor, dann legte er sich flach auf den Bauch und wehrte sich nicht mehr, während ihn der Junge weiter über den Rinnstein zerrte. Ich stellte mich ihm in den Weg. Bleib stehen, sagte ich. Der Junge sah mich an. Er war wütend, doch hinter seiner Wut erkannte ich den Kummer und die Furcht. Fürchte dich nicht, sagte ich, vor Gott sind alle Kreaturen gleich, wir sind seine Geschöpfe, wir sind eins in Seinem Schoß.

Der Junge wich einen Schritt zurück. Ich sah, wie sich seine Augen weiteten, und da stieg eine Angst in mir hoch, die heiße, rasende Angst, er könnte mich nicht verstehen, er könnte sich abwenden.

Bleib hier, befahl ich ihm mit scharfer Stimme. Reinige deine Seele, bekenne dich vor Gott, dem Allmächtigen, und bitte Ihn um Erleuchtung!

Er wandte sich ab, doch ich packte ihn an der Schulter. Ich zitterte. Ich hob das Gesicht zum Himmel und rief: O Herr, nimm diesen Jungen auf! Nimm ihn auf in Deinen Schoß! Nimm ihn auf in die Obhut Deiner immerwährenden Liebe! Erlöse ihn, o Gott!

Während ich rief, hörte ich wie aus weiter Ferne das Winseln des Hundes und den Schrei des Jungen. Ein Zucken durchfuhr seinen Körper. Er riss sich los und rannte davon.

Eine Weile stand ich still, den Blick nach oben gewandt. Über den First des Rathausdaches trippelten hintereinander vier Tauben. Die Fernsehantenne ragte wie ein dürres Kreuz in den Himmel, glühend im Morgenlicht.

Als ich den Blick wieder senkte, hatte sich alles verändert. Ich hatte endlich Klarheit erlangt und das Ungeheuerliche erkannt. Doch statt in Verzweiflung zu stürzen, breitete sich in mir Ruhe aus. Ich fühlte mich leicht und frei, und es hätte nicht viel gefehlt und ich wäre auf offener Straße in Lachen ausgebrochen. Auf der anderen Straßenseite ging ein älteres Paar vorüber. Sie gingen Arm in Arm, und die Frau redete mit lebhafter Stimme auf ihren Mann ein. Kurz blieben sie stehen und sahen mich an, dann bogen sie um die Ecke und verschwanden.

Ich ging in die Kirche. Der Raum war still und kühl. In den trüben Lichtbalken schwirrte Staub. Die

Heiligen standen erstarrt. Zwischen zwei Sitzreihen lag ein offenes Liederbuch auf dem Boden.

Dass du mich einstimmen lässt in deinen Jubel.

Auf dem Opferlichttisch flackert eine einzelne Kerze. Ich nehme sie und trage sie durch den Mittelgang nach vorne. Ich bekreuzige mich nicht. Ich gehe nicht auf die Knie. Ich höre nicht auf die Stimmen.

Ich habe das Licht in meiner Hand.

Über dem Tisch des Herrn, der hier nicht mehr zuhause ist, liegt das weiße Tuch. Ich halte die Flamme an die Spitzen und sofort fängt es Feuer. Ein kühler Luftzug weht durch den Kirchenraum, und die Flammen schlagen hoch. Das Kruzifix entzündet sich zuerst. Jesus knistert und knackt. Während er sich vom Kreuz löst und langsam nach vorne kippt, sieht es aus, als lache er. Der Altar brennt. Ich gehe mit der Kerze nach hinten zum Stapel der Liederbücher. Sie fangen Feuer, als wären sie in Benzin getränkt. Ich werfe einige von ihnen hoch in den Raum. Für einen Augenblick flattern sie wie brennende Vögel, ehe sie in die Sitzreihen stürzen. Eines der Bücher rutscht unter den Vorhang der Andachtskammer. Der Vorhang bauscht sich, dann entzündet er sich in einer einzigen, lautlosen Explosion. In den Bänken rauschen und krachen die Flammen. Im Holzlack öffnen sich Blasen wie glühende Blumen, aus denen Fäden aus Qualm hochziehen. Es ist ein Frieden in mir, denn ich weiß jetzt alles. Über meinem Kopf platzen die Scheiben und die Heiligen zerstieben zu einem bunten Scherbenregen. Durch die Fensterlöcher stößt der Wind und facht das Feuer weiter an. Die Kanzel brennt, im Weihwasserbecken zittert das Licht, und hoch oben in der Dunkelheit unterm Dach wirbeln Funken wie tanzende Sterne.

NAVID AL-BAKRI

Auf meinem Grabstein steht: GOTT IST GROSS
UND WIR SIND SEINE KINDER. Ich frage mich,
wer zum Teufel hat das dort eingemeißelt? Ich bin der
Sohn meiner Mutter Ayasha al-Bakri und meines Vaters Abu Navid Muhamed al-Bakri. Ob bei meiner
Entstehung auch Gott mitgewirkt hat, kann ich nicht
sagen. Ich habe ihn nie kennengelernt.

Ich war neunzehn, als ich mit meinen Eltern nach einer langen Reise hierherkam. Es war Winter und kalt.
Als ich zum ersten Mal Schnee auf den Straßen sah,
dachte ich, es wäre ein Unglück geschehen. Vater rang
die Hände. Wir wollen einen Garten Eden errichten
in dieser Wüste aus Eis, sagte er.

Er eröffnete den Laden an der Marktstraße: *Onkel
Abus Gemüse und Exotische Früchte.* Obwohl er den
unverfälschten Worten Gottes schon längst kein Ge-
hör mehr geschenkt und sich entschieden hatte, ohne
jedes weitere Bekenntnis durchs Leben zu gehen, breitete er aus alter Gewohnheit mehrmals täglich seinen
kleinen Teppich im Keller aus und schickte zwischen
Kartoffeln und Steckrüben seine Sorgen und Wünsche Richtung Mekka. Als ihm eines Tages der tür-

kische Klempner, den er zur Behebung eines Wasser-
rohrbruchs gerufen hatte, offenbarte, dass er sich in
der Himmelsrichtung geirrt und der Kaaba statt des
Gesichtes jahrelang seinen Hintern zugewendet hatte,
dankte ihm mein Vater und zählte ihm das doppelte
Trinkgeld in die Hand.

Halb so schlimm, sagte er, Mekka ist schließlich
überall.

Der Klempner nickte.

In Kniehöhe schwammen die Kohlköpfe vorbei.

In der ersten Zeit sortierte ich Pflaumen, putzte Melonen oder schrubbte die zermatschten Obstreste vom
Bürgersteig. Später kriegte ich eine eigene Schürze
und durfte Kunden bedienen. Ich mochte den Duft
und die Farben. Ich liebte es, die Walnüsse in ihren
Säcken klackern zu hören, und wenn mich niemand
beobachtete, tauchte ich die Hände tief in den Linsen-
korb oder ließ Mandeln und Pistazien durch meine
Finger rieseln. Gemeinsam mit Mutter schichtete ich
Pfirsiche und Nektarinen zu kunstvollen Pyramiden
auf, mit Vater fuhr ich in die Felder hinaus, um mit
den Bauern zu verhandeln.

Das Geschäft lief gut über die Jahre, wir hatten, was
wir brauchten. Ich kann nicht sagen, ob meine Eltern
glücklich waren, aber ich habe sie oft lächeln gesehen.
Sie wurden nicht sehr alt, doch sie starben in Frieden.

Nach dem Tod der Eltern übernahm ich den Laden. Ich weißelte den Verkaufsraum, hängte eine Reihe bunter Lämpchen an den Fensterrahmen und besorgte neue Schürzen. Den Schriftzug *Onkel Abus Gemüse und Exotische Früchte* übermalte ich mit ockergelber Farbe und nagelte ein großes Holzschild über den Eingang: *Navid al-Bakris Gemüse & Obst – frisch aus aller Herren Länder.*

Zur Neueröffnung richtete ich ein Fest aus. Es gab den ganzen Tag Musik und süße Trockenfrüchte. Es kamen viel mehr Leute, als ich mir erhofft hatte, und als am späten Abend die letzten gegangen waren und ich die Rollläden knattern ließ, wusste ich, dass alles gut werden würde. Ich setzte mich im Dunkeln hin und legte meine offenen Hände auf die Knie. Ich hatte den merkwürdigen Einfall, Gott zu danken. Ich sagte Worte auf, von denen ich meinte, dass sie die richtigen seien. Doch noch während sie mir aus dem Mund kamen, dachte ich über sie nach, und je mehr ich über sie nachdachte, desto nichtssagender kamen sie mir vor. Sie waren leer und brüchig wie die Obstkisten, die im Keller gestapelt lagen.

Ich stand auf und ging noch einmal vor die Tür. Der Abend war warm, es roch nach Regen. An der Straßenecke ging die Laterne an, und Nachtfalter flatterten in ihrem Licht.

Ich verstand was vom Geschäft. Ich wusste alles, was man darüber wissen kann, und mit der Zeit lernte ich auch, die Kunden zu verstehen. Man kann vieles über Menschen lernen, wenn man ihnen dabei zusieht, wie sie ihr Obst und Gemüse aussuchen. Ich beobachtete sie, wenn sie mit der Fingerkuppe einen Pfirsich berührten, als wäre es die Haut eines Geliebten. Ich sah, wie sie sich zu den Kisten hinunterbeugten, um an Zitronen und Nüssen zu schnuppern. Wie sie den Salat in Zeitungspapier wickelten, liebevoll wie ein Baby ins Schlaftuch. Ich hörte ihnen zu, wenn sie von ihren Sorgen erzählten, von ihren Männern, Frauen und Kindern, von ihren Missgeschicken und Krankheiten. Und ich hörte auch nicht weg, wenn sie sich aus irgendeinem Grunde erregten, wenn sie schrien, mit den Armen fuchtelten, mit den Fingern zeigten und genau zu wissen schienen, wie die Dinge laufen in der Welt.

Manchmal kam Pfarrer Hoberg vorbei. Er betrachtete die Tomaten im Sonnenlicht, wiegte die Aprikosen in den Händen und begann schließlich von Gott zu reden. Ich sagte ihm, ich sei bloß Gemüsehändler und habe von solchen Dingen keine Ahnung. Doch der Pfarrer war hartnäckig. Er stellte mir Fragen, auf die ich keine Antwort wusste. Er reizte mich mit seiner von Eifer durchdrungenen Stimme und mit seinen ruhelosen Händen, mit denen er immer wieder gegen meine Holzpaletten schlug. Ein Wortschwall nach dem anderen brach aus ihm heraus, und dann wurde ich wütend und begann ebenfalls zu reden und zu schreien. Ich konnte nicht verstehen, warum Gott die Wahrheit und die Wahrhaftigkeit sein sollte, wenn doch seine Schöpfung so unvollkommen war. Auch in der Zerstörung von Sodom und Gomorrha, bei der weder Frauen noch Kinder verschont blieben, konnte ich keinen Sinn erkennen. Den Pfarrer beeindruckte das nicht. Gottes Barmherzigkeit ist grenzenlos, schrie er. Aber da hörte ich schon nicht mehr richtig hin, und ich glaube, auch er hörte meine Worte nicht mehr, und so redeten und schrien wir ins Leere, bis uns die Kräfte verließen und wir wie aus einem Rausch erwacht voreinander standen.

Lass die Barmherzigkeit auch in dein Herz sinken, sagte der Pfarrer, und gib mir zwei Bund Frühlingszwiebeln.

Vierzig Jahre lang stand ich im Laden. Ich liebte die Arbeit und war nie länger als einen Tag krank. An meinem Platz hinter der Waage drückte mein Gewicht über die Zeit eine Delle in die Dielen, eine kleine Grube, in der ich mich sicher fühlte. Ich hatte nie geheiratet und sehnte mich nicht nach Kindern. Ich fühlte mich selten einsam, hatte keine großen Wünsche und war vernünftig genug, mir meine Träume nicht zu erfüllen. Ich habe für den Wiederaufbau der

Kirche gespendet und für die Armentafel vor dem Weihnachtsfest. Der armen Margarete Lichtlein habe ich seit dem Unglück mit ihrem Sohn jeden Tag eine Orange geschenkt. Ich habe meine Fragen an die Menschen gerichtet, nicht an Gott. Ich habe euch zugehört. Ich habe euch in die Augen gesehen. Ich habe euch verziehen, als ihr mir den Laden beschmiert und die Scheiben eingeschlagen habt. Als ihr mich Kameltreiber nanntet, habe ich gelacht und das Bild einer Karawane an die Tür geklebt. Ich habe gelacht, wann immer mir danach war. Ich habe meine Traurigkeit an so vielen Tagen im Keller gelassen. Ich habe meine Eltern geehrt, meine Steuern bezahlt und jeden Abend den Gehsteig geschrubbt. Ich habe nichts mitgenommen und nichts hinterlassen. Ich hatte nur dieses eine Leben.

Sieben Jahre vor meinem Tod brachte ich die Asche meiner Eltern heim. Das Heilige Buch verbot die Einäscherung, doch niemand interessierte sich weiter dafür, und für meinen Vater hatten derartige Verbote ohnehin ihre Bedeutung verloren. Er glaubte nicht mehr an die Hölle, sondern nur ans irdische Dasein, und seines hatte nun mal in Paulstadt sein Ende gefunden. Vor der Bestattung hatte ich den Urnen jeweils ein kleines Häuflein Asche entnommen, um sie als Gewürzpulver getarnt in zwei Leinensäckchen aus dem Land zu schmuggeln. Vom Flughafen nahm ich den Bus. Der Fahrer lachte mir über den Rückspiegel zu.

Bist du von hier?, fragte er.

Ich weiß es nicht, sagte ich.

Mashallah, mein Freund.

Mashallah.

Am Dorfplatz stieg ich aus. Die Helligkeit tat mir in den Augen weh. Das Bushäuschen, an dessen Rückseite ich einst mit steinernen Murmeln gespielt hatte, war verschwunden. Alles sah anders aus. Nur die große Zypresse stand noch da. Mein Vater hatte oft von ihr gesprochen. Sie war so alt, dass sich die Propheten in ihrem Schatten ausgeruht hatten, ehe sie sich auf den Weg in die Welt machten. Ihre Wurzeln reichten so tief, dass die Hitze des Erdkerns die untersten Spitzen versengte. Deswegen kann man in manchen Nächten ihre Zapfen im Mondlicht glühen sehen.

Ich ging durch die Dorfstraßen und atmete den Geruch der alten Mauern ein. Mir war heiß in meinem Hemd und der dunklen Hose. Der Schweiß lief mir übers Gesicht. Nur wenige Menschen bewegten sich auf den Straßen. Ein paar Kinder. Ein Grüppchen alter Frauen, alle in Schwarz.

Vor einem Café, an dessen Eingang mit den geschnitzten Ornamenten ich mich erinnerte, saßen

Männer und tranken Tee. Ich hatte vergessen, wie winzig ein Teeglas in der Hand eines Mannes aussehen kann. Ich ging weiter. Da und dort erkannte ich ein Haus, ein löchriges Mauerstück, den Barbierladen, den Akazienplatz, die aufgeplatzten Betonröhren für den Brunnen, der nie gegraben wurde.

An der Straße der drei Witwen hielt ich mich links. Ich erkannte nichts mehr. Der Weg war frisch geteert, aber in der Hitze war der Teer aufgeplatzt und wölbte sich zu offenen schwarzen Wunden auf. Das Elternhaus war verschwunden. Auf der freien, mit Steinen übersäten Fläche parkten drei Autos. Der Parkplatz war hinten von einer niedrigen, halb verfallenen Mauer begrenzt. Ich konnte nicht erkennen, ob es unsere Gartenmauer war oder der Rest der Schlafzimmerwand. Ich setzte mich auf einen Mauerstein. Die Sonne stand hoch, alles war in ihr weißes, blendendes Licht getaucht. Ich wusste nicht mehr, was ich vorgehabt hatte. Ich glaube, ich wollte die Asche meiner Eltern über dem Gras ihres Gartens verstreuen. Ich dachte, sicher würde jemand in dem Haus wohnen, also würde ich schnell sein müssen, eine rasche Handbewegung im Wind. Aber es gab keinen Wind, keinen Garten und kein Haus. Es gab nur einen Parkplatz und die Hitze.

Schwer zu sagen, wie lange ich sitzen blieb. Irgendwann stand ich auf, holte die beiden Säckchen aus der

Hemdtasche und streute die Asche über die Steinfläche. Sie hinterließ keine Spur, schien sich einfach aufzulösen im heißen Boden. Ich glaube, ich habe geweint, aber ich bin mir nicht sicher. Später kam ein Mann. Er nickte mir zu, stieg in eines der Autos und fuhr ab. Ich stand und lauschte dem Motorengeräusch, bis es nicht mehr zu hören war. Meine Stirn brannte, und in meinen Ohren rauschte es. Ich sehnte mich nach Schatten und Ruhe. Ich glaube, ich sehnte mich nach zuhause.

Als ich wieder im Flugzeug saß, sah ich tief unten die Wüste und später das Meer, ein unendlich weites, von Furchen durchzogenes Glitzern. Wir flogen in den Abend hinein, und obwohl die Motoren dröhnten, empfand ich die Stille und den Frieden, die uns umgaben. Ich lehnte meinen Kopf zurück und schloss die Augen. Ich dachte an den nächsten Tag. An die kühle Luft des Morgens. An den Duft der Früchte in der Dunkelheit des Ladens und das Knattern der Rollläden. Ich wollte Spitzpaprika bestellen und gelbe Pflaumen. Ich wollte den alten Teppich meines Vaters aufrollen, um ihn vom Schmutz der Rübensäcke zu befreien, die ich so oft geschüttelt hatte, wegen der Feuchtigkeit und des Schimmels.

Als Sie im Feuer standen und sich die heiße Asche in ihre Haut brannte, haben Sie da Gott gesehen, Pfarrer Hoberg?

HERM LEYDICKE

Kannst du mich hören? Hörst du mich?

Als ich an der Reihe war, warst du fünfzehn. Wie alt bist du jetzt? Hier bei uns gibt es keine Zeit. Aber nehmen wir mal an, du hast noch eine ganze Weile vor dir. Ich muss das annehmen, denn sonst würde nichts von dem, was ich dir sagen will, Sinn ergeben. Es gibt da nämlich ein paar Dinge, die ich loswerden möchte. Ich wünschte, ich hätte sie dir gesagt, als ich noch lebte. Ich wünschte, jemand hätte sie mir gesagt. Vielleicht hätte ich dann manches anders gemacht. Wahrscheinlich aber nicht.

Ich war kein kluger Mann. Das ist kein Geheimnis. Deine Mutter wusste es. Ich selbst wusste es auch. Ich habe einiges gesehen, aber das heißt nichts. Die ganze Erfahrung bringt wenig, wenn du nicht den Grips hast, Dinge zu durchdenken und brauchbare Schlüsse zu ziehen. Oder wenn du nicht mehr die Kraft hast, deinen Hintern aus dem Sessel zu heben. Die wenigsten Alten sind weise, die meisten sind einfach nur alt. Und ich war eindeutig einer von den meisten.

Hätte ich begriffen (ich meine nicht *gewusst*, sondern wirklich *begriffen*), dass alles so schnell vorübergeht, hätte ich mir manches erspart. Aber für mich ist es vorbei, und darum bilde ich mir jetzt ein, ich könnte wenigstens dir etwas ersparen. Du hattest nicht die besten Voraussetzungen, ein Umstand, an dem ich womöglich nicht ganz unschuldig bin. Aber was war, lässt sich nicht ändern. Und du bist am Leben, immerhin. Das ist mehr, als man verlangen kann. Ich merke, ich komme ins Schwadronieren. Also sage ich dir jetzt einfach ein paar Dinge. Was du damit anfängst, ist deine Sache.

1.

Mach dir keine Mühe, die richtige Frau zu finden. Es gibt sie nicht. Sobald du glaubst, die richtige Frau gefunden zu haben, wird sie sich als die falsche herausstellen. Immerhin kannst du versuchen, in der falschen so viel Richtiges zu finden, dass es Spaß macht. Das war es dann aber auch.

2.

Vermutlich gibt es keinen Gott.

3.

Wenn aber Gott nun doch aus irgendeinem Grunde existieren sollte (dafür spricht allerdings wirklich nicht viel), dann gibt es vielleicht auch eine Möglichkeit, die richtige Frau zu finden.

4.

Die richtige Frau ist eine Frau mit Mut. Sie ist eine, unter deren Schritten man die Kiesel knirschen hört, noch ehe sie um die Ecke biegt. Eine, die mit einem Apfel eine Taube von der Dachrinne holen kann. Sie ist eine Frau mit einem gelben Rock und einer gehörigen Portion Verstand, mit einem viel zu lauten Lachen, roten Fingernägeln, aber naturbelassenen Zehen. Sie hat ein Messer in der Handtasche, einen Salzstreuer und einen winzigen aufklappbaren Aschenbecher aus Bronze; den Aschenbecher braucht sie, denn sie ist eine Frau, die filterlose Zigaretten raucht. Sie ist eine Frau mit Prinzipien, die sie nach Bedarf über den Haufen schmeißt. Eine, die mit der Faust gegen das Lenkrad schlägt, bis der Lack von den Fingernägeln splittert. Eine Frau, die es dich nicht wissen lässt; eine, die sich nicht schämt. Die im Kino heult, aber niemals, niemals, niemals auf ihre Figur achtet. Die ungeschälte Kartoffeln mag und insgeheim an die Mutter Gottes glaubt; eine, die sich um deine Angelegenheiten kümmert und noch viel lieber um ihre eigenen. Die richtige Frau ist eine, die weiß, was Liebe ist, und die es, wenn sie es eines Tages vergessen hat, kurz und schmerzlos macht.

5.

Das sind nur Ideen. Vergiss es.

6.

Vergiss übrigens auch, was sie dir über das Trinken erzählen. Es kann angenehm sein. Es kann dich über dich selbst hinaustreiben. Und es kann dich ruhig werden lassen, wenn du es nötig hast. Der Alkohol ist kein Teufel. Der Teufel ist die fette Fliege, die in einer Sommernacht in deinem Zimmer schwirrt und dich nicht schlafen lässt. Alkohol ist nur eine chemische Verbindung, und es ist immerhin nicht ausgeschlossen, dass du ihn kontrollieren kannst. Doch wenn du am Tresen sitzt und die Wandverkleidung zu leben beginnt und kleine Tierchen unter den Barhockern huschen, dann bestell noch einen. Es kommt nicht mehr darauf an.

7.

Steht das Haus noch? Du solltest es streichen. Das letzte Mal habe ich es gestrichen, als du nicht einmal zwei Jahre alt warst. Es war Sommer und heiß und ich verbrannte mir den Hintern, als ich rückwärts übers Dach rutschte. Du warst im Garten, und ich konnte sehen, wie du die Rosenköpfe einzeln vom Busch pflücktest. Ich frage mich, warum du alleine da unten warst, an diesem heißen Tag, der nach Holzfarbe und Gras roch. Wie auch immer: Wenn du nicht willst, dass das Haus verrottet, solltest du es streichen. Aber denk daran, das Holz vorher abzuschleifen. Du brauchst Schleifpapier mit Achtziger-Körnung. Mindestens. Anschließend die Grundierung. Sehr gut ist auch Leinöl. Dann fang an. Streich zwei- oder dreimal. Und lass dir keine Rollen einreden. Pinsel sind besser.

8.

Geh in den Keller. In der Ecke steht der Spind mit dem Gartenzeug. Schieb ihn zur Seite, heb die Granitplatte darunter hoch. In der Grube steht eine Metallkassette. Alles, was du darin findest, gehört dir. Auch die Fotos.

9.

Es könnte Krieg geben. Es gibt immer irgendwo Krieg, also warum nicht auch hier. Irgendwo sitzt immer irgendein Verrückter an einem Knopf und spielt daran herum. Und immer dauert es eine Weile, bis man erkennt, dass er verrückt ist. Und ich meine nicht verrückt wie Pfarrer Hoberg oder Richard Regnier, der manchmal nach Feierabend im Gras saß und mit den Vögeln redete. Ich spreche von wirklichem Irrsinn. Von einem Irrsinn, der Schlips trägt und polierte Schuhe. Von einem, der abends seinem Badezimmerspiegel zunickt und gar nicht mehr aufhören kann zu lachen, weil er weiß, er hat wieder gewonnen, denn er kann gar nicht verlieren, weil er nichts zu verlieren hat. Es ist der Irrsinn, dessen Finger schmal und kurz sind, zu klein, um einem anderen Mann wehzutun, aber doch gerade groß genug, um einen Knopf zu drücken. Vielleicht wird jemand diesen Irrsinn erkennen, aber dann wird es zu spät sein. Es könnte also Krieg geben. Und jetzt hör zu. Egal, was sie dir zuflüstern oder um die Ohren brüllen, womit sie dich ködern oder dir drohen: Es ist nicht dein Krieg. Du bist nicht auf der Welt, um zum Schluss irgendwo mit offenem Bauch im Matsch zu liegen. *Es ist nicht dein Krieg.*

10.

Wenn du morgens am Fenster sitzt und siehst, wie die Autos draußen den Zubringer runterfahren, dann denk daran, wie gut du es hast. Du hast die Nacht überstanden und weißt ungefähr, was dich erwartet an diesem Tag. Es ist nicht viel, und genau das ist das Gute daran. Du legst deine nackten Füße aufs Fensterbrett und spürst die Zugluft an den Zehen. Aus dem Fensterrahmen hängt ein Stück Plastikfolie und bewegt sich, als sei es lebendig. Du siehst deine Zehen, wie sie sich krümmen und strecken, und der Winter ist noch ein ganzes Stück weit weg.

11.

Trau keinem Arzt.

12.

Denk an die Toten und verzeih ihnen.

13.

Such dir Freunde. Du kannst sie überall finden. Auf der Straße. An der nächsten Ecke. An der Tankstelle, während du versuchst, das Schlauchventil aufzukriegen. Überall. Ich glaube, das Geheimnis ist: Du musst dich *interessieren*. Der beste Freund, den ich in meinem Leben hatte, war mein Vater. Wie ist das möglich? Er war immerhin einunddreißig Jahre älter als ich.

14.

Geh zu deiner Mutter und lege die Hand an ihre Wange. Bleib einen Moment so. Ich habe das nie gemacht, und das war ein Fehler.

15.

Sag: Ich liebe dich! Ich weiß, in deinen Ohren klingt es idiotisch und falsch. In ihren Ohren aber nicht. Ich habe es nie gesagt. Keine Ahnung, warum. Ich konnte nicht. Sie haben darum gebeten. Sie haben es erwartet. Sie haben es gefordert, immer und immer wieder, aber ich konnte nicht. Sie selbst haben es oft gesagt: Ich liebe dich! Und dann wollten sie es von mir hören. Ich vertrat die Meinung, die Liebe sei doch kein

Tauschgeschäft, und ich habe es nicht gesagt. Kein einziges Mal. Und mit ziemlicher Sicherheit war das der größte Fehler von allen.

LENNIE MARTIN

Es ist nicht so, dass ich dumm war und nicht lernen konnte. Ich wollte bloß nicht. »Lennie Martin, du hast keinen Willen. Du hast keinen Antrieb. Du bist fauler als die faulste Kartoffel im feuchtesten Kellerloch der Stadt«, sagte meine Lehrerin. Ich habe nie viel auf ihre Ansichten gegeben, aber in diesem Fall hatte sie recht. Ich ging von der Schule und probierte es mit Arbeiten. Ich schrubbte die Betonfläche vor Kobielskis Autosalon und kroch über die Felder und zog Kartoffeln aus der Erde. Manchmal half ich dem Araber mit seinem Gemüse. Wir stapelten Kisten und putzten Äpfel und Melonen mit einem weichen Tuch, bis sie leuchteten wie die Früchte der Pub-Fruity-Maschine. Länger als ein paar Wochen hielt ich nie durch. Damals war ich der Überzeugung, ich hätte keine Ausdauer. Dabei war Ausdauer so ziemlich das Einzige, was ich hatte in meinem Leben.

Zu der Zeit lebte ich in einem Keller direkt hinter der Kirche. Ich hatte nicht vor, lange zu bleiben, und verwahrte meine Sachen in einer Holzkiste, um sie bei Gelegenheit ohne großen Aufwand in eine bessere Wohnung bringen zu können. Das Zimmer war winzig und feucht. Die Feuchtigkeit kroch mir in die

Glieder, und morgens fühlte ich mich manchmal so steif, dass ich es kaum aus dem Bett schaffte. Oft lag ich stundenlang mit hochgezogenen Knien unter der Decke und wartete, ich weiß nicht auf was.

Sobald ich Geld hatte, saß ich abends an der von Zigarettenkippen verbrannten Theke im Goldenen Mond. Wenn man in den Spiegel hinter der Bar sah, blickte einem eine Reihe trüber Gesichter entgegen. Immer saßen drei oder vier Männer da, spielten Karten oder hörten den Platten aus der Jukebox zu. Geredet wurde nicht viel, und ich denke, das war auch allen recht so.

Ich erinnere mich an einen Abend im Winter. Ich hatte den ganzen Tag eine zentimeterdicke Eisschicht von Kobielskis Abstellplatz gehackt und hockte hundemüde an der Theke. Neben mir saß ein Mann, den ich nur vom Sehen kannte. Wir starrten durchs Fenster auf die Straße hinaus, wo im Licht einer Laterne der Schnee wirbelte, und mit einem Mal fing er an, von seinem Leben zu erzählen. Er sagte, es habe sicher auch für ihn Möglichkeiten gegeben, aber ihm habe einfach der Mut gefehlt. »Einmal nicht hingeschaut, schon ist alles vorbei«, sagte er immer wieder. Er sagte das ohne Verbitterung, ohne irgendeinen erkennbaren Ausdruck im Gesicht oder in der Stimme. Und vielleicht machte mich gerade das unruhig. Plötzlich wusste ich nicht mehr, warum ich hier saß und was ich überhaupt wollte auf der Welt. Es stieg eine Wut in mir auf, die ich bis dahin nicht gekannt hatte. Gegen diesen Mann, gegen mich selbst, gegen das ganze Leben. Vielleicht hatte ich auch nur zu viel getrunken. Jedenfalls unterbrach ich ihn und sagte: »Ich hau mir gleich den Schädel ein.«

»Was?«, sagte er.

»Ich mach's einfach.«

»Lass das lieber«, sagte er, aber es war zu spät. Ich knallte mit der Stirn gegen das feuchte Holz der Theke. Ich spürte keinen Schmerz, doch als ich wieder aufblickte, sah ich im Spiegel das Blut in meinem Gesicht.

»Ist schon gut«, sagte ich.

Die Dinge änderten sich im Jahr darauf. Es war Sommer und glühend heiß. Erst mit Sonnenuntergang konnte man durchatmen und die Leute trauten sich wieder ins Freie. Am Stadtrand war was los. Der Autosalon feierte fünfzehnjähriges Jubiläum, Kobielski hatte ein paar Kunden, seine Angestellten und die Ehemaligen zu einer Feier eingeladen. Alle standen unter dem Vordach der hell erleuchteten Verkaufshalle und hatten Pappbecher und Teller in der Hand. Es war Freitag, die meisten hatten ihren Lohn bekommen und in ihren Gesichtern glänzte die Gier auf die Nacht.

Ich stand mit dem Rücken gegen die Scheibe gelehnt und blickte auf den Vorplatz, wo sich in den Ölpfützen farbige Glühbirnen spiegelten, die in Ketten vom Dach bis zur Einfahrt aufgespannt waren, als sie plötzlich neben mir stand. »Guten Abend«, sagte sie. »Ich heiße Louise.«

Ich fand, das sei ein viel zu feiner Name für ein Kleinstadtmädchen, und das sagte ich ihr auch. Sie lachte und fragte, was es denn auf dem Platz Interessantes zu sehen gebe. Nichts, meinte ich, nur Glühbirnen. Immerhin, meinte sie, Glühbirnen seien doch besser als nichts. Das stimmt, sagte ich, außerdem schön bunt. Wir lachten, tranken ein paar Gläser und alles fühlte sich gut an, so als ob wir nie etwas anderes getan hätten. Einmal hob sie ihre Hand und legte mir eine Haarsträhne hinters Ohr. Die Bewegung war völlig beiläufig, doch als ich ihre Finger an meiner Schläfe spürte, zuckte ich zusammen, und mir wurde klar, wie lange mich niemand mehr berührt hatte.

Gegen Mitternacht stieg Kobielski auf die Ladefläche eines 504er-Pick-up und hielt eine Rede. Er hatte ein paar Gläser zu viel, und kaum etwas von dem, was er sagte, ergab Sinn. Er selbst jedoch war von seinen eigenen Worten derartig berührt, dass es ihm die Tränen in die Augen trieb. Danach entzündete er ein kleines Feuerwerk, und als die Raketen in den Himmel stiegen, hielten Louise und ich uns im Arm, und es war, als würden die Ölpfützen explodieren. Als würde der Platz und alles um ihn herum in bunten Flammen aufgehen.

Später lag ich alleine in meinem Keller und spürte immer noch ihre Finger an meiner Schläfe. Ich dachte an sie und es war so schön, und gleichzeitig hätte ich die Wände um mich herum einschlagen können vor lauter Einsamkeit.

Wir sahen uns wieder. Wir gingen durch die Straßen, saßen im Lehmkuhl oder küssten uns unter den Kastanien im Park, und nach ein paar Wochen nahm sie mich mit in die kleine Wohnung, in der sie zusammen mit ihrer Großmutter lebte. Ich glaube, ich lief den ganzen Tag mit einem Grinsen im Gesicht herum. Ich verbrachte meine Zeit mit einem Mädchen, das ich möglicherweise nicht mehr loswerden würde, und es fühlte sich gut an.

Drei Monate nach dem Abend bei Kobielski packte ich die Kiste mit meinen Sachen und zog bei Louise ein. Ihre Großmutter, eine schweigsame Alte, die den ganzen Tag an der Fensterbank hockte, konnte mich nicht leiden. Sie hatte die Gabe, mich anzusehen und gleichzeitig nicht zu beachten. Aber es war mir gleich. Ich war mit ihrer Enkelin zusammen und hatte mit ihr nichts weiter zu schaffen.

Louise war nicht unbedingt das, was man unter

einer Schönheit versteht. Sie war ziemlich dünn, schwarzhaarig und hatte riesige, weit aus den Höhlen tretende Augen. Aber ihre Stirn war hoch und glatt, und manchmal schien so etwas wie ein Schatten darüber zu laufen. Ich habe sie immer gerne angesehen. Ihr Gesicht. Ihre Hände. Ihre Bewegungen. Einmal lagen wir im Bett, und ich sagte zu ihr: »Würdest du mal auf und ab gehen für mich?«

»Was meinst du?«, fragte sie.

»Einfach ein paar Schritte durchs Zimmer?«

Sie stand auf und ging vor mir auf und ab. Ich sah ihr eine Weile zu, dann mussten wir lachen und sie warf sich auf mich und ich vergrub mein Gesicht in ihrem Körper und atmete ihren Duft ein.

Ich mochte auch ihre Stimme. Sie hatte einen ganz besonderen Klang, und wenn sie nachdenklich wurde, bekam sie etwas Raues und Brüchiges. Louise erzählte oft von ihrer Arbeit im Schwarzen Bock. Sie machte dort die Zimmer sauber, kochte Kaffee und bügelte die vom Zigarettenqualm gelb gewordenen Häkeldeckchen. Sie bekam einiges von den Gästen mit und erlebte die merkwürdigsten Dinge, aber eigentlich wollte ich nur ihrer Stimme lauschen. Und sehen, wie sich dabei ihre Lippen bewegten.

Hin und wieder saßen wir auf dem Sofa und schauten uns einen Film im Fernsehen an. Dabei schlief sie jedes Mal ein. Ihr Kopf sank gegen meine Schulter, und ich konnte ihr Gesicht ansehen, solange ich wollte.

Von mir aus hätte es immer so weitergehen können. Doch dann starb die Großmutter. Wir fanden sie morgens auf dem Boden vor der Fensterbank. Ihr Arm lag merkwürdig verdreht unter ihrem Oberkörper, und ihr Kopf mit den offenen Augen war an das Stuhlbein gelehnt. Als wir ins Zimmer kamen, sah es aus, als blickte sie uns entgegen.

Ich wusste nicht, was ich mit Louises Trauer anfangen sollte. Ich fühlte mich unnütz in ihrer Nähe. Ich wollte etwas für sie tun, doch als ich nach ein paar Tagen anfing, aufzuräumen, stellte sie sich mir in den Weg.

»Was machst du da?«, fragte sie.

»Ich bring das Zeug raus.«

»Lass die Sachen, wo sie sind!«

Sie stand vor mir, die Hände in die Seiten gestützt, und sah mir in die Augen. Ich hatte sie noch nie so gesehen, zum ersten Mal, seit wir uns kennengelernt hatten, kam sie mir fremd vor.

»Okay«, sagte ich. »Reg dich nicht auf.«

»Ich reg mich nicht auf. Und ich möchte, dass du dir Arbeit suchst. Omas Rente ist jetzt weg. Das Geld aus dem Schwarzen Bock wird nicht reichen.«

»Okay.«

»Versprich es mir.«

Ich bekam eine Anstellung im Rathaus, genauer gesagt beim Garten- und Grünflächenamt, wo ich mit Richard Regnier zusammenarbeitete. In einem klapprigen Kleinlaster fuhren wir kreuz und quer durch die Stadt, beschnitten Bäume, jäteten Beete oder rissen Unkraut aus den Ritzen zwischen den Pflastersteinen. Ich kannte Regnier nur flüchtig, wir waren uns ein paar Mal über den Weg gelaufen und ich hatte ihn schon zwei, drei Mal im Goldenen Mond gesehen. Ich erinnere mich, wie er eines Morgens im Stadtpark seine Harke weglegte, die Hose runterließ und sich unter eine blühende Goldweide hockte. »Aus der Erde der Mensch«, sagte er und sah mich ernst an. »Aus dem Menschen die Erde.« Ich glaube, er war ein bisschen verrückt.

Zu Beginn war es hart. Der ganze Körper tat weh. Der Schmerz begann im Rücken und strahlte über die Hüfte in die Knie und hinauf über Schultern und Arme bis in die Fingerspitzen. Ich kriegte offene Blasen an den Händen, und der Dreck schien sich in alle Poren zu fressen. Später wurde es besser, ich gewöhnte mich an die Plackerei, und es gab sogar Tage im Frühjahr oder im Spätsommer, da mochte ich die Arbeit.

Eines Abends bestand Regnier darauf, mich auf ein Bier einzuladen. Ich war lange nicht mehr im Mond gewesen, und als wir in unseren verdreckten Overalls den Gastraum betraten, war ich gespannt, ob dort immer noch dieselben Männer herumsaßen oder ob es wenigstens einige von ihnen hinter sich gebracht hatten. Sie waren alle noch da, jedenfalls sahen sie aus wie die Männer von damals, hockten an ihren Plätzen und starrten in ihre Gläser.

Aber etwas war anders. Es war das Licht. Ein Leuchten erfüllte den Raum. Es bewegte sich, pulsierte, huschte über einen gebeugten Rücken, über eine von Ruß geschwärzte Stirn und zitterte rot und grün und gelb in einem halbleeren Bierglas. Das Licht kam von einem Automaten, der in der Ecke zwischen Theke und Wand stand. Er war mannshoch und etwa einen Meter breit, und seine Frontseite war übersät von flackernden, blinkenden Lämpchen. Damals wusste ich das nicht, aber es war bloß eine alte Lucky Deal, eine der ersten mit Bildschirm, ohne Handhebel, vier Reihen und die Regenbogensonne in der Mitte.

Wir setzten uns an die Theke und bestellten Bier. Wir waren müde und hatten nicht viel zu erzählen. In meinem Bier glänzte das Licht der Lämpchen. Die Punkte und Flecken trudelten und tanzten im Glas wie ein winziger bunter Fischschwarm.

Ich ging hinüber. Die Lucky Deal gluckste auf. Ich legte meine Hand an ihre Seite. Das Holz war warm und vibrierte unter den Fingern. Für einen Augenblick sah ich mein Gesicht im Bildschirm gespiegelt, schemenhaft und bleich, als läge es unter Wasser. Ich steckte ein paar Münzen in den Schlitz und drückte den Knopf. Sofort setzten sich die Walzen in Bewegung, die Symbole rasten los. Dann stoppten sie mit einem weichen Geräusch, eine nach der anderen: die Melone, die Sieben, die Glocke, die Münze.

Ich drückte wieder. Und immer wieder. Ich besorgte mir einen Barhocker und noch mehr Münzen. Das Licht, die Geräusche, das Flirren des Bildschirms machten mich nervös. Ich zappelte mit den Beinen und klimperte mit den Münzen in meiner Tasche. »Macht schon«, sagte ich zu den Walzen vor meinem Gesicht. »Macht endlich!« Dann gewann ich das Neunfache meines Einsatzes. Der Automat spielte verrückt, alles blitzte und blinkte und es erklang ein schriller Fanfarenstoß. Ich lachte auf. Mein Herz raste, ich hatte das Gefühl, der Bretterboden unterm Hocker schwankte, und als ich den Knopf für die nächste Runde drückte, zitterte meine Hand.

Später tauchte Regnier neben mir auf. »Es ist Zeit«, sagte er.

»Ich bleibe noch«, sagte ich.

Regnier schnaufte. »Hör mal«, sagte er so mühsam, als hätte er einen zähen Klumpen im Mund. »Hör mal.« Doch weiter sagte er nichts, und als ich stumm blieb und den Knopf drückte, der sich mittlerweile warm und vertraut anfühlte, drehte er sich um und ging.

Ich hatte meinen Lauf gleich zu Beginn, und es war grandios. Nach Feierabend ging ich in den Mond, und fast jeden Abend ging ich mit einem Gewinn nach Hause. Ich konnte es nicht fassen, zum ersten Mal im Leben hatte ich das Gefühl, etwas gefunden zu haben. Es mag merkwürdig klingen, aber sobald ich an der Lucky Deal stand, fühlte ich mich *richtig*.

Ich glaube, es fühlte sich an wie Liebe.

Es waren keine großen Beträge, aber ich gewann so häufig, dass ich Louise eines Tages eine Kette mit geschliffenen roten Steinen kaufte. Ich weiß nicht, was das für Steine waren, aber sie sahen aus, als ob sie von innen heraus glühten. Ich legte ihr die Kette um den Hals, und sie sah mich an, mit einem Blick, der mich mitten ins Herz traf. An dem Abend war ich überzeugt davon, uns könne nichts mehr geschehen.

Doch bald begann mich die Lucky Deal zu langweilen. Ich hatte Lust auf etwas Neues, außerdem gingen die Gewinne zurück. Ich hatte gehört, dass sich in dem Freizeitzentrum, das sie draußen vor der Stadt in den Acker gesetzt hatten, ein Automatenkasino befand. Ich nahm den Bus und fuhr hin.

Das Zentrum war ein völlig überdimensionierter Kasten aus Glas und Beton, und ich hatte nicht vor, lange zu bleiben. Doch als ich das Kasino im Untergeschoss fand und durch das Portal trat, war es ein Schock. Alles hier drinnen war zu viel: das Blitzen, Blinken, Leuchten, Brummen, Piepsen, Jaulen und Kreischen, ein unfassbares Chaos aus Lichtern, Tönen, Stimmen und Musik. Ich stand auf dem von Glutlöchern durchsiebten Teppich und kam mir vor wie der Raketenmann aus einem Film, den ich mal mit Louise gesehen hatte: verloren und gleichzeitig geborgen in der unendlichen Einsamkeit des Universums.

Ich kam fast jeden Abend. Manchmal lieh ich mir den Kleinlaster und fuhr noch in Arbeitsklamotten raus. Es hatte mich gepackt. Schon wenn ich tagsüber irgendwo im Grünzeug stand, dachte ich an die Automaten, an die Six Bomb, die Cash Crazy oder an die Diamond Seven. Ich harkte das Unkraut, und vor meinen Augen begann der Klatschmohn zu blinken wie die Lichter der großen Lucky Chambers.

Dann fing ich an zu verlieren. Erst war es kaum der Rede wert, doch schnell wurde es mehr. Ich hätte wissen müssen, was zu tun ist. Aber ich nahm es persönlich. Ich betrachtete die Verluste als Niederlagen und begann mit den Automaten zu reden. Ich redete auf sie ein, beschwor sie, bettelte und flehte und schrie und brüllte sie an. Ich erhöhte den Einsatz und verlor. Ich spielte System und verlor. Ich spielte Risiko und verlor. Ich konnte mitzählen, wie die Quote ins Minus rutschte, erst langsam, dann immer schneller. Es gab immer noch gute Tage, doch die machten es nur schlimmer, denn sie gaben mir den Glauben zurück. Ich spielte weiter und ich verlor. Ich verlor mehr, als ich je für möglich gehalten hätte.

Es würde wieder bergauf gehen. Ich wusste, dass ich gewinnen würde. Ich war vom Weg abgekommen, jetzt brauchte ich bloß ein bisschen Geduld, dann würde ich ihn wiederfinden. Ich fing an, Schulden zu machen. Ich lieh mir Geld von jedem, der mir begegnete. Ihr kriegt es wieder, sagte ich den Leuten. Gebt mir nur etwas Zeit und ihr kriegt alles wieder!

Als sie mir nicht mehr glaubten, begann ich zu stehlen. Wann immer sich die Gelegenheit bot, ließ ich ein paar Münzen oder Scheine mitgehen, und eines Nachts stieg ich durchs Kellerfenster ins Rathaus ein und knackte mit meiner Strauchaxt die Gemeindekasse.

Sie kriegten mich erst, als ich versuchte, den Kleinlaster zu verkaufen. Ich hatte ihn als gestohlen gemeldet und unter einer Plane hinter dem alten Gewächshaus an der Zubringerstraße versteckt. Ich wollte ihn über einen Kontakt aus dem Kasino loswerden. Der Kontaktmann war ein Großmaul, die Plane wurde vom Wind fortgetragen, und die Geschichte flog auf.

Das Rathaus verzichtete auf eine Anzeige, ich glaube, Regnier hatte ein Wort für mich eingelegt. Aber sie schmissen mich raus. Nachdem ich den Overall in den Spind gehängt hatte, gaben wir uns die Hand. »Mach's gut, ich glaube, morgen gibt's Regen«, sagte er und kratzte sich den Schädel.

Die Sache hatte sich rumgesprochen. Kobielski ließ mich nicht einmal mehr den Gehweg schrubben. Also rackerte ich wieder draußen auf den Feldern und stapelte Gemüsekisten. Und ich ging in den Goldenen Mond, wie früher. In der Ecke stand die Lucky Deal. Sie kam mir schäbig vor, verschrammt und abgenutzt. Aber sie klingelte, piepste und blinkte, und es war, als hätte ein alter Freund auf mich gewartet.

Ich weiß nicht, wann genau ich Louise verlor. Ich glaube, unsere Zeit war schon vorbei, als ich noch dachte, dass es immer so weitergehen könnte. Aber vielleicht dachte ich nicht einmal das. Am Morgen stellte ich mich oft schlafend. Ich konnte es nicht erwarten, dass sie das Haus verließ, damit ich meine Ruhe hatte. Und wenn ich später vor dem Automaten stand, hatte ich kaum Gedanken an sie. In manchen Augenblicken war es, als tauchte im Bildschirm ihr Gesicht auf, und da wusste ich, dass ich sie immer noch liebte. Doch sobald die Walzen wieder losrasten, war es weg.

Wenn ich nach Hause kam, hatte sie sich meistens schon hingelegt, und ich war froh darüber. Manchmal jedoch saß sie noch auf der Couch und sah sich den Nachtfilm an. Ich setzte mich dann zu ihr, legte meinen Arm um sie und dachte: Bitte sag nichts! Sag jetzt bitte nichts, lass uns einfach nur hier sitzen und diesen Film zu Ende sehen, bitte!

Und jedes Mal fing sie an. Es sei ein Fehler, wenn ich sie für eine Frau hielte, die sich in Angelegenheiten anderer Leute einmische. »Glaub nicht, dass ich dir Vorschriften machen möchte«, sagte sie. »Ich will dich nicht ändern. Ich möchte dich bloß verstehen. Wenn ich schon mit dir lebe, möchte ich wenigstens eine Ahnung davon haben, wer du bist und was du verdammt noch mal im Sinn hast!«

In solchen Momenten konnte sie richtig in Rage geraten. Laut redend lief sie im Zimmer auf und ab, ruderte mit den Armen, wechselte abrupt die Richtung, blieb stehen, starrte mir ins Gesicht und lief dann weiter. Im Licht des Fernsehers sah es aus, als vollführe sie einen wahnsinnigen Tanz.

An einem Abend kurz nach Weihnachten wurde es später als sonst. Es war kalt, in den Straßen ging ein rauer Wind und verwehte den leichten, trockenen Schnee der letzten Tage. Ich hatte einen kleinen Gewinn gemacht und freute mich auf zuhause; merkwürdigerweise hatte ich die Hoffnung, Louise wäre noch wach und es könnte sich etwas klären in dieser Nacht. Ich ging durch den Schnee, hörte die Münzen in der Hosentasche klimpern und stellte mir vor, wie es wäre, ihren Nacken zu berühren.

Sie saß auf der Couch, der Fernseher war aus, und ich sah, dass sie geweint hatte.

»Ich möchte, dass du damit aufhörst«, sagte sie.

»Womit?«

»Zieh den Mantel aus.«

»Womit soll ich aufhören?«, fragte ich noch einmal. Ich stand da, mitten im Zimmer, und hatte das Gefühl, meine Schuhsohlen wären am Boden festgenagelt. Meine Hände waren kalt und fühlten sich schwer an. Und der Mantel tropfte und tropfte.

Sie sagte: »Ich möchte, dass du dich entscheidest. Entweder du hörst auf oder du gehst.«

Ich musste lachen. Es war ein wütendes Lachen, abgerissen und leise. Ich fühlte mich verraten. Plötzlich wurde mir heiß hinter der Stirn und ich spürte, wie sich meine Schultern anspannten.

»Tu es nicht«, sagte sie leise. Sie sah auf die Hände in ihrem Schoß und schüttelte langsam den Kopf. An der Wand über der Stelle, wo ihre Großmutter immer gesessen hatte, tickte die Uhr.

»Louise«, sagte ich.

Da hob sie ihren Kopf und sah mich an. »Geh«, sagte sie. »Geh jetzt einfach, bitte.«

Ich brachte kein Wort heraus. Aber was hätte ich auch sagen sollen? Erst dachte ich, wir könnten es vielleicht irgendwie schaffen, dann begriff ich, dass es zu spät war. Ich liebte sie, doch sie stellte mich vor die Wahl. Und das war absurd, denn es gab keine Wahl.

Als ich die Tür hinter mir zuzog, hörte ich, wie sie drinnen aufschluchzte. Es war wie der Klagelaut eines Tieres, ein Geräusch, wie ich es nie zuvor gehört hatte.

Und das ist alles. Etwa drei Jahre später bekam ich einen Brief. Genauer gesagt war es eine Karte in einem Umschlag, eng beschrieben mit ihrer akkuraten Handschrift. Sie schrieb, sie habe die Stadt verlassen und wohne jetzt mit einem Mann namens Stephen zusammen. Ich solle sie doch mal besuchen kommen. Stephen würde den Grill anwerfen, wir würden Würstchen und Kartoffeln essen und reden, oder auch einfach nur dasitzen und den Garten genießen. Den Garten genießen? Ich stellte mir vor, wie sie lebten, in einem Häuschen mit Kiesweg, Birnbaum und Wacholderhecke. Ich fand den Gedanken merkwürdig. Sie hatte keine Ahnung von Pflanzen und sie ekelte sich vor den kleinen Tieren unter den Blättern. Stephen würde sich alleine um das Grünzeug kümmern müssen.

Am Tag, als Louises Karte kam, ging ich in den Goldenen Mond. Ich hatte noch ein paar Münzen. Ich setzte mich an die Lucky Deal und begann zu spielen.

Und das ist es ja: Die Walzen drehen sich, solange du nur immer wieder den Knopf drückst. Du spielst. Du erhöhst. Du gewinnst ein paarmal. Dann verlierst du. Aber du machst weiter. Du machst immer weiter.

Es riecht nach Männern. Nach ihrem Atem, ihrem Speichel, ihrem Schweiß, nach allem, was sie hinterlassen haben in der Nacht. Die Betten sind noch warm, die Decken zerwühlt. Die Laken haben feuchte Flecken. Manche sehen aus wie Inseln, andere wie Köpfe. Ich stelle mir vor, wie sie gelegen haben. Wie ihre verschwitzten Körper versucht haben, sich nach einem Tag voller Niederlagen in dieses Nest zu krümmen. Sie sind übers Land gezogen in ihren Lackschuhen, mit ihren Rollkoffern, sie haben in Fluren und Zimmern und billigen Wirtshäusern gesessen, an Haltestellen und in Hauseingängen gestanden, sie sind gehastet und gerannt, haben geredet und geredet, geduckt und lächelnd und lauernd, stets bereit für was auch immer, nur um dann endlich in ein fremdes, kaltes Bett zu kriechen. Aber jetzt kommen die Träume. Es sind Träume von Macht und Untergang, von Eroberung und Auflösung, von Bahnhöfen und Trinkhallen, von endlosen Reihen leerer Holzbänke und einem weißen Frauenarm, der aus dem Zugfenster hängt wie ein Fetzen Stoff.

Weißt du, warum ich die Träume dieser Männer so gut kenne, Lennie? Sie haben sie mir erzählt.

Erinnerst du dich an Kobielski? Du lehntest an der Scheibe, den Schauraum mit den teuren Wagen im Rücken. Du sahst gut aus. Deine ganze Haltung drückte etwas Lässiges aus, ein entspanntes Desinteresse an der Welt. Du hattest den Kopf gesenkt, dein Gesicht lag im Schatten. Das wirkte geheimnisvoll, aber zugleich hatte ich das Gefühl, ich hätte dich wiedererkannt. Denn die Wahrheit ist: Es war eine Verwechslung. Ich dachte, du wärst jemand anderes, darum sprach ich dich an. Vielleicht hätte ich die Sache schnell aufklären sollen, aber du warst witzig und ich war einsam. Oder vielleicht dachte ich bloß, du wärst witzig, weil ich einsam war. Wie auch immer, es macht keinen Unterschied. Als Kobielski später sein Feuerwerk abbrannte, lehnten wir längst Schulter an Schulter an der Scheibe und starrten in die explodierende Nacht.

Sie haben mich gewarnt vor dir. Alle Frauen, die dich kannten, und die meisten Männer. Meine Großmutter sagte, sei vorsichtig, dieser Mann ist schlecht für dich. Ich sagte, mach dir keine Sorgen, ich bin erwachsen. Für die Liebe ist man nie erwachsen genug, sagte sie. Ich sagte, Oma, du bist alt. Du hast deine Erfahrungen gemacht, aber deine Erfahrungen sind nicht meine, verstehst du? Sie sah mich nur an mit ihren alten, grauen Augen.

Du lagst also falsch, als du dachtest, ich hätte *dich* gemeint an jenem Abend. Du lagst oft falsch.

Wie oft dachtest du, ich sei auf dem Sofa eingeschlafen, den Kopf an deine Schulter gelehnt? Ich schlief kein einziges Mal. Ich hatte nur die Augen geschlossen. Ich wusste, du würdest dir mein Gesicht ansehen. Ich spürte deinen Blick und wusste, du würdest es so lange nicht wagen, dich zu bewegen, bis ich die Augen wieder öffnete. Es war meine Art, dich festzuhalten, wenigstens so lange, bis der Film vorbei war.

Denn auch das ist die Wahrheit: Ich wollte dich. Man kann es nicht erklären. Es ist, als ob man in einen Fluss springt, obwohl man weiß, dass er zu einem Abgrund führt. So etwas kennen nur Selbstmörder und Verliebte. Ich wollte dich, und ich habe dich gekriegt. Ich bin gesprungen. Und es war schön, eine Zeitlang mit dir dahinzutreiben.

Ich habe es dir nie erzählt, aber einmal hab ich dich gesehen. Ein einziges Mal. Ich hatte es satt, auf dich zu warten, und ging mitten in der Nacht raus. Die Stadt lag im Dunkeln. Nur durch die Fenster des Goldenen Mond fiel Licht auf die Straße. Ich sah dich vor diesem Automaten stehen. Deine Finger, wie sie im ruhigen Rhythmus die Münzen in den Schlitz drückten. Deinen Fuß, der dazu den Takt in den Dielenboden klopfte. Und ich sah dein Gesicht, über das der Widerschein der Lämpchen huschte. Ich wollte zu dir, aber ich konnte mich nicht rühren und blieb draußen auf der Straße. Das Irritierende war nämlich, dass du glücklich aussahst. Du sahst immer noch so gut aus wie damals bei Kobielski, und doch warst du mir fremder als je zuvor. Du warst ein gutaussehender, glücklicher, fremder Mann. Ich habe dir zugesehen, eine halbe Stunde oder länger, dann bin ich nach Hause gegangen.

Ich weiß nicht, was mich antrieb, weiterzumachen. Oder doch, ich weiß es: Es war die Angst vor dem Alleinsein. Und es war mein Trotz. Ich entwickelte den dummen Ehrgeiz, es allen zu zeigen. Ich wollte ihnen beweisen, dass sie unrecht hatten, dass ich mit ihren Erfahrungen nichts zu tun hatte und dass nicht jeder verdammte Fluss in einen verdammten Abgrund münden muss.

Erinnerst du dich an die Kette mit den roten Steinen, die du mir aufs Bett gelegt hast? Als ich die Augen öffnete, dachte ich im ersten Moment, es wäre Blut auf dem Kissen. Du legtest mir die Kette um den Hals. Es waren Glassteine. Kühles, glattes, billiges Glas. Ich sagte nichts. Ich sagte auch nichts, als die Kette eines Tages wieder verschwunden war. Nichts, als der Silberring meiner Großmutter plötzlich nicht mehr auftauchte. Kein Wort, als Münzen und Scheine aus meiner Tasche fehlten. Hast du dich eigentlich jemals gefragt, woher ich so viel Geld hatte? Warum es manchmal lose in meiner Handtasche steckte? Wie viel, glaubst du, verdient ein Zimmermädchen in einer Absteige wie dem Schwarzen Bock? Es ist nicht genug, Lennie.

Aber ich hatte diesen Ehrgeiz. Und es gab die Männer in den zerwühlten Betten, mit ihren zerwühlten Träumen. Ich kann mich an keines der vielen Worte erinnern, die sie mir ins Ohr flüsterten, an keinen einzigen Namen, und selbst die Erinnerung an ihre Gesichter war verblasst, noch ehe ich das Zimmer verlassen hatte. Nur der Geruch blieb.

Aber gut, es hätte schlimmer kommen können. Ich habe dir deine Lügen verziehen. Die Diebstähle. Und dachtest du tatsächlich, ich wüsste nicht, dass sich dein Job nicht auf das Beschneiden von Rosenknospen beschränkte? Konntest du ernsthaft denken, ich hätte dich in all den Jahren kein einziges Mal beim Auswaschen der Müllcontainer beobachtet oder beim Abkratzen vertrockneter Hundescheiße von den Gehwegen?

Ich habe dir verziehen, Lennie. Aber mir selbst konnte ich nicht verzeihen. Ich rede nicht von der verlorenen Zeit. Die Zeit kann gar nicht verlorengehen. Ich habe meine Würde verloren. Oder besser gesagt: Ich habe sie weggegeben. Ich habe meine Würde abgelegt wie einen alten Mantel.

An dem Abend, als du gingst, kam ein Film im Fernsehen. Es ging um einen Piloten, der sich in Puerto Rico in eine dunkeläugige Schmugglerin ver-

84

liebt und ihretwegen in Verwicklungen gerät. Der Pilot konnte wegen der Hitze nicht schlafen und strich sich ständig mit dem Daumen über den Schnurrbart. Sonst weiß ich nichts mehr. Ich habe während des ganzen Films geheult. Ich habe in die Kissen geschluchzt und geschrien. Ich war wütend und begriff nicht, was geschehen war. Ich dachte an meine Großmutter und die anderen. Ich hasste sie alle miteinander, und ich hasste mich. Vor allem aber hasste ich dich, Lennie.

Irgendwann war es vorbei. Der Film war aus und unter meiner Decke hörte ich wie aus weiter Ferne die Nachrichten. Etwas in mir war zerbrochen oder aus mir herausgebrochen, und ich wusste, ich müsste dich nie wieder im Goldenen Mond sehen, das helle Glück im Gesicht.

Stephen war ein guter Mann. Er hatte sich für mich entschieden, und ich war müde und wollte mich anlehnen. Sein Gehalt reichte für uns beide, und ich konnte den Schwarzen Bock aufgeben. Ich wollte mich um den Garten kümmern. Die Pflanzen gingen alle ein, eine nach der anderen, und ich sagte zu Stephen, vermutlich läge es am Boden oder am Regen oder an der schmutzigen Luft oder an sonst irgendetwas. Er sagte, wahrscheinlich hast du recht, und wir betonierten zwei Drittel der Rasenfläche zu. Immerhin trieb der Birnbaum aus. Die Blüten waren zart und weiß und ihr Duft zog im Frühling bei offenen Fenstern durchs Haus.

Bestimmt denkst du, ich lebe noch. Deine Vorstellungskraft war immer beschränkt. Vielleicht bildest du dir ein, ich stünde gerade in diesem Moment an deinem Grab mit dicken Tränen in den Augen oder so. Du liegst wieder falsch.

Erinnerst du dich an die Karte, die ich dir geschickt habe? Ich habe sie an einem Abend im April geschrieben. Draußen schüttete es in Strömen. Ich saß am Küchentisch, schrieb die Karte und fühlte mich so frei und so gut wie lange nicht mehr. Als ich fertig war, stand ich auf und ging zum Fenster. Der Birnbaum rauschte im Regen. Am darauffolgenden Morgen fühlte ich mich zu schwach, um aufzustehen, und kaum einen Monat später war ich tot. Etwas hatte schon vor längerer Zeit begonnen, mich von innen heraus aufzufressen. Stephen blieb bis zum Schluss bei mir. Er saß neben meinem Bett, und ich konnte sehen, wie sein Gesicht von Tag zu Tag blasser wurde, bis es schließlich nicht mehr zu erkennen war in der kalkweißen Helligkeit des Zimmers. Von diesen Tagen und Nächten ist mir kaum noch etwas geblieben. Eine meiner letzten Erinnerungen war die an deine Hände, Lennie. Deine Finger rochen nach Erde.

GERDA BAEHR

Ich liege hier und denke an dich. Vielleicht träume ich auch nur von dir, es macht ja keinen Unterschied. Ich weiß, dass heute Sonntag ist. Es ist nämlich ganz schön was los da oben. Früher sind wir an manchen Sonntagen im Bett geblieben, haben uns geliebt und sind dann einfach nur still dagelegen. Noch viel früher hätte ich es nicht für möglich gehalten, dass man mit einem dicken Mann so viel Spaß haben kann. Wir waren natürlich nicht den ganzen Tag im Bett. So etwas macht doch kein Mensch. Aber draußen war es auch schön. Ein Sonntag ohne dich war nicht vollständig. Dich lieben, dann neben dir liegen, im Bett, im Gras, im Schnee. Das war alles.

K. P. LINDOW

Im Garten sitzt ein kleiner Junge vor seinem Radio. Er hört ein Lied und beginnt zu weinen. Er wimmert und schluchzt. Nicht, weil das Lied so traurig ist. Er wimmert und schluchzt, weil es bald vorbei sein wird.

Es ist Sommer. Wespen kommen ins Haus. Sie sind zu früh geschlüpft und schwirren zu Dutzenden im Zimmer, überm Tisch, am Fenster, ehe sie sterben. Meine Mutter fegt sie in ihre kleine Haushaltsschaufel, mein Vater klettert aufs Garagendach, um das Nest zu suchen. Er will es ausräuchern. Ich mochte die Wespen. Ich hatte keine Angst, dass eine von ihnen stechen könnte. Ich hatte Angst vor anderen Dingen. Die Wespen waren für mich unschuldig. Sie waren Engel, die jetzt klein und gekrümmt und tot in die Schaufel meiner Mutter rieselten.

Gesammelt: Steine, Schwefelstückchen, Milchzähne, Schneckenhäuser, einfach nur Dreck, Bilder nackter Frauen, Namen toter Menschen, Gummiringe (alle Farben außer Rot), Korkenzieher, Bierdeckel, Briefmarken, Brillengläser, Schimpfwörter, Racheideen.

Racheideen: die Geheimnisse der Eltern in Erfahrung bringen und mittels anonymer Briefsendungen unter die Leute bringen. Einen dünnen Draht über die Marktstraße spannen, der dem Mathematiklehrer auf seinem Fahrrad den Kopf abtrennt. Verschiedene Gebäude sprengen. Sie zurückgewinnen, um sie dann wieder zu verlassen. Selbstverbrennung auf dem Rathausplatz. Vaters Augen ausstechen. Die Mutter zerhacken. Auf Rache verzichten und somit den Feind durch Güte und Großherzigkeit beschämen und im Sumpf seiner eigenen Gemeinheit zurücklassen.

Meine Hände, kleine, weiche, rosige Ballen, schlagen auf den Teppich ein. Dann auf die Bauklötze. Auf das Feuerwehrhaus. Alles soll kaputtgehen. Alles soll sich auflösen in meiner heißen, sprühenden, nassen Wut. Meine Hände tun, was ich will. Sie schlagen die Worte der Erwachsenen tot, noch ehe sie an mein Ohr dringen können. Sie sind meine Kumpels, die einzigen, die ich habe.

Dieselben Hände (sind es wirklich dieselben?) siebzig Jahre später. Ich sehe sie mir an, die Flecken, die Runzeln, die Haare, die Narben. Was ist da passiert? Sie liegen auf einem gelben Tischtuch aus Plastik, die Finger ineinander verschlungen wie knotige Wurzeln. Mit dem Alter ist das Beten doch noch gekommen. Besser gesagt, das Flehen: Bitte gib mir. Bitte lass mich. Bitte schenk mir. Bitte. Bitte!

Ganz unmerklich verwandelt sich die Sehnsucht nach den ersten Malen in die Hoffnung auf die letzten.

Und immer wieder Tischdecken aus Plastik. Unterm Dach. Im Garten. In der Schule. Im Hinterzimmer. Im Aufenthaltsraum. Im Gästehaus. Beim Nachbarn. Bei der Polizei. Bei der Feuerwehr. Bei allen anderen. Im Ruheraum. Im Krankenhaus. Im Keller.

Auf dem Frühlingsfest. Die Lampions schaukeln im Wind, und noch ehe es dunkel wird, gibt es drei Schlägereien. Alles ist wie immer, und dann doch ganz anders. Ein gelber Rock. Ein Lachen. Ein Kiesel im Schuh. Das Verlieben ist eine Entzündung. Ihre Hand zu nehmen kostet mehr Überwindungskraft, als sich später vor ihr nackt auszuziehen. Aber immerhin muss noch nicht viel geredet werden.

Heute Nacht lassen wir das Fenster offen. – Die Katzen werden uns zusehen. – Ist mir recht, komm jetzt! Ich liebe sie. Ich liebe ihren Bauch. Ihren Hintern. Ihr Gesicht. Ihre Stimme. Ich liebe alles, was sie sagt und tut. In dieser Nacht haben wir den Tod besiegt. Und die Katzen hatten ihren Spaß.

Dann ist es aus. Dabei ist nichts passiert. Es war nicht einmal ein anderer Mann. Sie ist einfach gegangen. Es gab Argumente, die sie vor mir aufschichtete wie Ziegel. Ich habe sie gehört und vergessen. Sie packte ihre Sachen und zog zu ihrer Mutter. Später verließ sie die Stadt. Zum Abschied umarmten wir uns, und sie sagte: Ich rufe dich an.

Noch eine Sammlung, Augenblicke mit ihr: Gelbe Sommertage. Der nasse Hamster auf der Matte. Die Füße im Schuhkarton. Drei Deos für den Preis von einem. Ein verrutschtes Lachen. Die Sache mit der Amsel. Der schwarze Rauch über den Pappeln. Wir unterm Baum. Auf dem Sofa. Auf dem Küchentisch. Im Gras. Im Feld. Im Bett.

Unser Tisch ist jetzt wieder mein Tisch.

Natürlich kamen noch ein paar andere. Es war nicht mehr dasselbe, aber wer möchte das schon? Und später hatte ich einen Kater. Er war alt, sein Fell war räudig und stumpf, sein Schwanz mehrfach geknickt, und eines seiner Hinterbeine ragte steif wie ein Stock aus der Hüfte heraus. Sein rechtes Auge war trübe und bewegte sich nur langsam. Vielleicht war es blind. Aber seine Zähne waren gelb und gesund und er konnte immer noch rennen wie ein Junger, trotz des kaputten Beins. Wir mochten uns von Anfang an. Er kam zu mir und strich um meine Hosenbeine. Er sah nicht gut aus, mager und schwach, und es dauerte eine Weile, ihn hochzupäppeln. Was blieb, war sein Gestank. Es ließ sich nichts dagegen machen. Er stank wie ein Mülleimer. Doch ich gewöhnte mich mit der Zeit daran. Erst als er gestorben war, habe ich wieder den Frühlingsduft und meinen eigenen Körpergeruch wahrgenommen.

Ich glaube, ich habe mit dem Kater mehr gesprochen als mit den meisten Menschen.

Der schwarzblaue Nachthimmel. Betrunkene unter dem Fenster, sie grölen und brüllen ihren Kumpels oder ihrer Sehnsucht hinterher. Dann wieder Stille. Ein Schatten überm Dach. Im Rathaus soll es wieder Fledermäuse geben, die ersten seit Jahrzehnten. Das Telefon klingelt. Es hört wieder auf. Der Magen knurrt. Auf dem Tisch liegt eine halbe Semmel. Aber der Tisch ist weit weg. Alles ist weit weg. Nur die Fledermaus sitzt auf deiner Stirn. Sitzt da und sieht dich an und legt ihre Flügel auf dein Gesicht.

Mit dem Loslassen ist das so eine Sache. Beim Waschen fällt mir ein Zahn aus dem Mund. Er hat nie wehgetan und nicht einmal gewackelt. Jetzt liegt er im

Waschbecken, abgekaut, gelb mit braunen Flecken. Er ist ein Verräter. Immerhin bleiben noch sieben. Ich werde ihnen Namen geben.

Die Schritte des Vaters im Flur. Der Geruch von Mutters Pelzmütze. Der Arzt. Die Stimmen der Nachtschwestern. Die Eisenbahn. Unsere Finger im eklig samtigen Spalt zwischen den Kinositzpolstern. Busfahrten. Dunkle Winterabende. Die verschüttete Milch auf dem Küchenboden. Stürze. Wunden. Narben. Ihre Arme. Ihre Füße. Ihre Stirn. Im Müllcontainer die Kiste mit den Bausteinen. Kekse. Äpfel. Butterbrot. Dreizehn Gläser und noch nicht genug. Die toten Vögel vor der Haustür. Eine sterbende Wespe auf dem Fensterbrett wie ein summender Kreisel. Musik von weit her. Der Tod kommt wie ein Wind. Er nimmt dich mit. Er trägt dich fort.

Woher ich das weiß? Ich weiß es nicht.

STEPHANIE STANEK

Ich habe die Kirche brennen gesehen. Es war ein warmer Morgen im Herbst. Ich war damals schon alt und die Unruhe trieb mich früh hinaus. Ich ging durch die Straßen, und hörte bald das Krachen der Flammen. Die Kirche brannte hell, und durch das offene Tor konnte man hinter Rauchschwaden den Schatten des Pfarrers sehen, der im Funkenregen stand. Menschen kamen angerannt. Sie schrien. Dann kam die Feuerwehr. Der Rücken des Pfarrers war schwarz, als sie ihn hinaustrugen und auf die Trage legten. Die Kirche brannte nieder. In den Zweigen der Kastanienbäume hingen Funken wie kleine elektrische Lichter. Das sah schön aus. Das Herz tat mir weh, wegen der Erinnerungen. Man hat die Kirche später wiederaufgebaut. Aber das Richtfest habe ich nicht mehr erlebt.

In der Nacht, als ich starb, waren Wolken aufgezogen, und kurz darauf hat es zu schneien begonnen. Es war kalt. Bei der Beerdigung rutschte einer der Arbeiter aus und wäre fast ins offene Grab gestürzt. Wenige Menschen waren gekommen. Lotte. Meine Enkelin Louise. Drei Frauen. Und ein Pfarrer, den ich nicht kannte. Er sagte: »Lege dich zur Ruhe, denn du warst müde«, und es schneite und schneite.

Ich habe viele Kirchenleute gesehen, doch ich mochte sie alle nicht. Ich misstraute ihnen. Ich ging gern in die Kirche, aber nie zur Beichte. Ich wusste: Auch wenn Gott mir vergibt, ich selbst kann es nicht.

Doch der Pfarrer hatte recht: Ich war müde. Mein Weg war lang. Ich erinnere mich an den Anfang. An das Dorf, dessen Namen ich nicht aussprechen mag. An die Tiere. An den Geruch von verbranntem Stroh, von Pferdemist und Frühlingssonne. Die knochendürren Winterbäume. Im Strauch ein steifgefrorener Hase ohne Augen. Zu Weihnachten Fleisch. Die Eltern. Papas Stiefel. Der Wald. Der Schnee. Der viele Schnee.

Die Front war schon zu hören und am Horizont schien der Wald zu glühen. Als sie kamen und die Tür einschlugen, hockte ich mit meiner kleinen Lotte bei der Kuh im feuchten Stroh. Sie nahmen meine Eltern mit und alles, was wir hatten. Unser Haus verging in den letzten Feuern.

Eine Zeit lang konnten wir uns bei der Nachbarin verstecken. In der Vorratskammer ließen sich Bretter aus dem Boden heben, unter die wir kriechen konnten. Sie kamen jeden Tag, auf der Suche nach Fleisch, Kleidern und Frauen. Wir lagen still, während sie über uns mit ihren Winterstiefeln durchs Haus polterten. Ich hielt Lotte unterm Mantel und spürte ihren warmen Atem an meinem Bauch.

Ich kann nicht verstehen, warum sie die Nachbarin mitgenommen haben. Sie war doch schon alt. Vielleicht hat sie eine Dummheit begangen, vielleicht ist es im Dunkeln geschehen und jemand hat sich vertan mit ihr. Jedenfalls war sie eines Tages weg und sie fanden uns. Aber wir hatten Glück. Wir wurden einer Gruppe von Frauen, Kindern und alten Männern zugewiesen. Alle kriegten Armbinden, und gemeinsam machten wir uns auf den Weg zum Bahnhof. Die Kleine winkte, als der Zug einfuhr. Bei der Abfahrt konnte ich durch eine Luke hinaussehen. Der Bahnsteig lag im Sonnenlicht. Ein paar Männer lachten und riefen mir etwas zu, als der Zug sich in Bewegung setzte. An der Bahnsteigkante lag ein brauner Frauenschuh.

Die erste Strecke legten wir im Waggon zurück. Es war so eng, dass wir uns mit dem Sitzen abwechseln mussten, aber es ging ja irgendwie. Kurz vor der Grenze hielt der Zug und wir machten uns zu Fuß auf den Weg. Als wir die Grenze überquert hatten, rissen wir uns die Binden von den Armen und zündeten sie an. Viele lachten wie verrückt. Eine Frau warf ihre Binde auf den Boden und sprang und tanzte darauf herum. Ich setzte mich auf einen Stein und atmete aus. Mein Leben danach, das ganze Leben nach diesem kurzen Augenblick auf dem Stein an der Grenze, war ein einziges, langes Ausatmen.

Wir waren im Treck unterwegs. Wir schliefen unter den Wagen, in Ställen, auf dem freien Feld. In den Nächten war es kalt und oft hatten wir Hunger. Wenn es möglich war, holten wir uns Zwiebeln und Kartoffeln von den Feldern. Wir wussten, dass wir Diebe waren, aber wir fühlten keine Reue.

Es gab Kampferspritzen gegen das Fleckfieber, aber Kampfer macht die Menschen verrückt, das wusste ich und hörte auf damit. Im Fieber habe ich ein Pferd gesehen. Es stand am Horizont und trug die rote Sonne auf dem Rücken. In den Bäumen am Straßenrand saßen schwarze Engel.

Ich hatte immer gewusst, wie stark Lotte war. Sie war erst sechs, aber sie konnte laufen wie eine Große. Ihre Beine waren braun und glatt unterm Straßenstaub. Wir liefen nebeneinanderher und hielten uns an den Händen. Eines Tages werden wir da sein. Das erzählte ich ihr. Wir werden ankommen und uns ausruhen. Jetzt ging es darum, zu gehen. Immer weiter in Richtung Westen, Schritt für Schritt zwischen den vielen anderen, die sich vor und hinter uns bewegten und die mit jedem Tag weniger wurden. Eines Tages werden wir da sein und uns ausruhen.

Es dauerte länger, als sie uns gesagt hatten. Es gab wohl wenig Platz im Land und man schickte uns hierhin und dorthin. Schließlich kamen wir in Paulstadt an. Ein Verwandter sollte hier sein, aber ich habe ihn nie gefunden. Vielleicht hatte ich es mir auch nur eingebildet.

In der ersten Zeit wohnten wir im Kohlenkeller unter der Metzgerei Buxter. Der Keller war dunkel und kühl, aber die Kohlen zogen die Feuchtigkeit aus der Luft und manchmal schenkte uns der Metzger ein paar Knochen oder ein Randstück für die Suppe.

Lotte hat ihren Vater nie kennengelernt. Später habe ich gehört, dass er längst schon tot war, als seine Briefe bei uns ankamen. Sie hat ihn nie kennengelernt, also hat sie ihn auch nicht vermisst, das war ihr Glück. Wir sind in Paulstadt geblieben. Es gab keinen Weg zurück.

Es gab Arbeit, zuerst auf den Feldern, später im Bonbon- und Schokoladengeschäft der Frau Klausner, wo ich die Kunden bediente. Die Arbeit machte mir Spaß, und Lotte wuchs gut heran. Wegen der vielen Bruchschokolade wurde sie ein bisschen dick. Aber sie fand einen Mann und sie brachte Louise auf die Welt. Später verließ sie die Stadt wegen einer Arbeitsstelle. Louise hatte ihren eigenen Willen und blieb bei mir, und ich sah, wie auch sie zur Frau wurde und einen Mann nahm, der nicht der Rede wert war.

Damals, als ich mit Lotte an der Hand ging, so viele Tage hindurch, als wir beide voneinander Kraft schöpften, ich mehr von ihr als sie von mir, als wir nachts die Frauen schreien hörten und morgens sahen, wie in den Straßengräben die Toten verscharrt wurden, um ihre Körper nicht der Mittagshitze auszusetzen – damals kam kein Wort der Klage aus Lottes Mund. Sie sagte nichts, als sich ihre Schuhe auflösten und sie mit um die Füße gewickelten Fetzen weitergehen musste, als die Wagen untersucht und ausgeplündert wurden, als unsere letzten Dinge, die Dokumente, die Kleider, das Essen, fortgeschleppt wurden. Sie sagte nichts und sie weinte nicht. Nur ich weinte oft, während sie schlief. Ich war nicht traurig wegen der Dinge, die wir verloren hatten. Ich weinte wegen Lottes Tapferkeit.

Es ist etwas geschehen auf unserem Weg.

Der Treck musste halten. Vier Tage und vier Nächte bewegten wir uns weder vorwärts noch rückwärts. Es gab ein Feuer, irgendwo weit vorne, und die Straße musste gesperrt werden. Wir warteten. Nachts lag das Land im kalten Mondlicht und das Geräusch des Windes, der über den ausgetrockneten Boden strich, machte mir Angst. Ich bildete mir ein, Gestalten und Tiere zu sehen, die über die Felder schlichen, sobald eine Wolke den Mond verdunkelte. Die Erde, auf der wir schliefen, war hart und kalt, und Lottes kleiner Körper zitterte unter meinem Mantel. Ich hatte gesehen, dass in einiger Entfernung zur Straße ein Hof lag. Er bestand aus einem Wohnhaus, einer Scheune und einigen Stallgebäuden. Er wurde vom Pächter des Landes bewohnt. Man sprach schlecht über ihn. Ich hatte ihn mehrmals beobachtet, wie er mit einem großen schwarzen Hund an der Leine Menschen vertrieb, die seinen Acker als Latrine benutzten. Aber es war so kalt. »In den Ställen wird es warm sein«, sagte ich in der dritten Nacht. »Wir gehen hinüber.« Lotte wollte nicht. Sie sagte, sie wolle nicht über den Acker gehen, die Schatten zwischen der aufgebrochenen Erde machten ihr Angst. Ich tat das ab. Ein Dach überm Kopf und ein wenig Stroh unterm Rücken würde uns guttun, sagte ich.

Schon von weitem hörten wir den Hund bellen. Der Pächter stand vor der Tür. Er war ein schwerer Mann mit rötlichem Haar und großen, unförmigen Händen. Seine Beine steckten in kniehohen Stiefeln, an denen Erde klebte. Hinter ihm drang das Bollern eines Kochtopfes aus dem Haus. Ich fragte ihn, ob wir in einem der Ställe schlafen dürften. Er sah uns lange an. Es war nichts Freundliches in seinen Augen. Doch dann sagte er ja, und ich weiß noch, wie ich auflachte und wie ich mich im selben Moment für mein Lachen schämte.

Der Schweinestall stand leer. Vielleicht hatte er seine Schweine verkaufen müssen oder selbst geschlachtet. Wir legten uns aufs Stroh. Er gab uns ein paar gekochte Kartoffeln und eine Pferdedecke. Die

Kartoffeln behielten wir lange in der Hand, bevor wir sie aßen. Sie gaben mehr Wärme als die Decke. Vor dem Einschlafen hörte ich aus dem Stall nebenan das Rascheln und Mampfen der Tiere, und für einen kurzen Augenblick dachte ich, alles könne schon bald ein Ende nehmen.

Es war sicher nach Mitternacht, als der Pächter in den Stall kam. Die Tür öffnete sich fast geräuschlos, aber mein Schlaf war nicht tief und ich schrak hoch. Er trat herein und blieb mitten im Raum stehen. Der Mond stand in seinem Rücken. Sein Gesicht lag zur Hälfte im Dunkeln und ich konnte seine Augen nicht erkennen. Dennoch wusste ich, dass er auf uns herabstarrte. Er atmete schwer und ich konnte seinen Atemhauch im Mondlicht sehen. Ich flüsterte: »Geh wieder! Bitte geh weg!«

»Ich möchte dich um etwas bitten«, sagte er.

»Was, um Himmels willen?«, fragte ich.

Er tat einen Schritt auf uns zu und blieb dann wieder stehen. Sein Gesicht war nun ganz im Dunkel verschwunden. Sein Arm war leicht erhoben, und ich erschrak, denn jetzt sah ich, dass er etwas in der Hand hielt. Es war ein totes Huhn. Er hatte es am Hals gepackt und der schlaffe Körper baumelte aus seiner Faust.

»Ich möchte, dass du mir zuhörst«, sagte er.

Es war etwas Trauriges in seiner Stimme und plötzlich empfand ich Mitleid mit ihm, wie er da stand, mit dem toten Huhn in der Hand. Ich sagte: »Setz dich. Aber sei leise, die Kleine schläft.« Er setzte sich neben uns ins Stroh und begann zu reden. »Vielleicht verstehst du mich«, sagte er. »Ich hoffe es. Ich hoffe es sehr. Ich kenne Leute wie euch. Ich weiß, wo ihr herkommt. Und ich weiß, dass es kein Zurück gibt. Ihr … ich hab dich gesehen, dich und dein Mädchen. Wie ihr übers Feld aufs Haus zukamt. Ich hab euch gesehen, und da war etwas … ich weiß nicht, was es war, aber ich hatte eine Ahnung, dass du mir zuhören würdest.« Der Pächter sprach langsam und stockend. Dabei sah er auf den Boden, als würde er die Worte einzeln aus dem Stroh klauben. »Ich bin noch nicht alt. Dennoch kann ich nicht schlafen. In der Nacht kommen die Gedanken. Es sind keine schönen Gedanken. Ich habe manchmal das Gefühl, als wären es gar nicht meine eigenen. Es ist, als ob die Gedanken in der Dunkelheit über die Felder geflogen kommen und sich dann in mir einnisten.« Er hob den Kopf und ich sah seine Augen, in denen zwei winzige weiße Monde schwammen. »Ich habe einmal eine Frau gehabt«, fuhr er fort. »Eine gute Frau, sie wollte bei mir bleiben. Wir saßen an einem Tisch und wir lagen in einem Bett. Ich habe sie in der Nacht atmen gehört. Und das Geräusch ihres Atems hat die Gedanken vertrieben.«

Er verstummte. Ein Ruck ging durch seinen Körper und ich dachte, er wolle aufstehen und den Stall verlassen, doch dann sank er wieder in sich zusammen und blickte auf den Boden hinunter. »Du hast das Land gesehen«, flüsterte er. »Es ist groß. Aber es ist nicht groß genug, um alles zu tragen. Zu Beginn war es anders. Da saßen wir an warmen Abenden vor dem Haus und sahen in die Ferne. Aber ich habe auch immer in ihr Gesicht geschaut. Es war so schön, wenn die Abendsonne darauf schien. Ich konnte doch gar nicht anders, als sie liebzuhaben.«

Er starrte eine Weile den Mond im Viereck der Stalltür an. Dann sprach er weiter. »So vergingen die Jahre, und alles hätte gut sein können. Aber irgendwann wurde sie unruhig. Sie konnte ihre Hände nicht mehr still lassen. Es war etwas in ihr, eine Sehnsucht, ich weiß nicht, jedenfalls wollte sie … sie wollte Dinge.«

Plötzlich stand er auf. Er war erregt und atmete schwer und ich hatte Angst, das Kind würde aufwachen. Ich sagte: »Setz dich, sprich weiter.« Er setzte sich wieder.

»Ich dachte, alles würde sich fügen. Vielleicht hätte ich … ich weiß es nicht. Jedenfalls wurde sie unzufrieden. Sie wollte abends nicht mehr vor dem Haus sitzen. Sie sagte, das Land wäre öde und die Sonne täte ihr in den Augen weh. Sie wurde hart und böse. Und ich wurde auch hart. Vielleicht war ich ungerecht. Aber was hätte ich tun sollen? Ich hatte schreckliche Angst, dass sie gehen könnte. Ich sagte ihr, wir müssten Geduld haben und vertrauen. Wir müssten einfach beieinanderbleiben. Das sagte ich ihr immer wieder.«

Der Pächter beugte seinen Oberkörper nach vorne. Es sah aus, als ob er Schmerzen hätte. Dann richtete er sich wieder auf und sprach weiter. Es war jetzt ein Zittern in seiner Stimme und er flüsterte noch leiser als zuvor.

»An einem Abend im Frühling saß ich alleine vor dem Haus. Ich hatte getrunken, und das Land breitete sich vor mir aus, als ob es keine Grenzen hätte. Plötzlich schien alles wieder einfach zu sein, und ich wollte ihr diese ganze Schönheit zeigen. Ich wollte sie in den Arm nehmen, ich glaubte, dass sie mich verstehen und dass von nun an alles gut sein würde. Ich rief ihren Namen, doch sie antwortete nicht, also ging ich ins Haus. Sie saß am Tisch und starrte in eine Schüssel mit Zwiebeln. Ich sagte ihr, sie solle mit mir vor die Tür kommen, ich wolle ihr etwas zeigen. Doch sie schüttelte nur den Kopf und das machte mich wütend. Ich schlug die Tür hinter mir zu und redete auf sie ein. Ich wollte, dass sie endlich begriff, und ich wollte, dass es wieder würde wie früher. Ich wurde lauter. Ich machte ihr Vorwürfe. Ich sagte schreckliche Dinge. Ich schrie und tobte. Ich schlug mit den

Fäusten gegen den Küchenschrank. Ich nahm die volle Schüssel und warf sie gegen das Tellerregal. Ich stampfte auf dem Geschirr und den Zwiebeln herum. Unter meinen Stiefeln knackten und knirschten die Scherben, und alles, alles zerbrach.«

Lange saß er bewegungslos. Seine Augen waren geschlossen und sein Atem ging tief. Als ich bereits dachte, er wäre eingeschlafen, fing er erneut an zu sprechen.

»Ich möchte dich um etwas bitten«, sagte er. »Es ist nur eine Kleinigkeit. Ich habe dir das Huhn gebracht. Im Haus gibt es Eier und Rüben. Nimm dir, so viele du tragen kannst. Nimm dir alle.«

»Was willst du?«, fragte ich.

»Ich möchte, dass du mich für einen Augenblick mit deiner Tochter allein lässt. Du sollst vor den Stall gehen. Es wird nichts geschehen. Du kannst mir vertrauen. Ich glaube nämlich, es ist ein Geschenk. Ihr habt den Weg zu mir gefunden. Und ihre Gegenwart ist das Geschenk, auf das ich so lange gewartet habe.«

Der Pächter fasste mich am Arm. »Vertrau mir«, sagte er. »Ich bin kein schlechter Mann. Bitte, vertrau mir.«

Was soll ich sagen. Wir hatten Hunger. Und es lag etwas so Trauriges in seinem Wesen. Ich hatte keine Angst, dass er etwas Falsches tun könnte. Und so bettete ich Lottes Kopf ins Stroh, deckte ihren Körper zu und ging hinaus.

Die Nacht war kalt und still. Die Felder lagen im Mondlicht und weit hinten war die Reihe der Wagen zu erkennen, die sich bis über den Horizont hinaus erstreckte. Der Geruch von verbranntem Holz lag in der Luft. Ich dachte, ich würde das Huhn und die Rüben kochen. Die Eier wollte ich in meinen Wollschal wickeln und aufbewahren. Vielleicht würde ich sie in Stroh packen. Das würde sie vor der Sonne schützen.

Aus dem Stall kam kein Geräusch. Ich hatte die Tür nur angelehnt, doch es war nichts zu hören. Ich dachte daran, was der Pächter gesagt hatte: *Ihre Gegenwart ist ein Geschenk.* Mir kam noch ein weiterer Gedanke und ich schloss für einige Sekunden die Augen. Ich glaubte mein Herz schlagen zu hören. Es schlug so laut, dass ich meinte, es müsse überall zu hören sein.

Ich schlich zum Stall zurück und blickte durch den Türspalt. Es dauerte eine Weile, bis meine Augen sich an das Dunkel gewöhnt hatten. Ich sah den unförmigen Körper des Pächters. Er kniete bewegungslos neben Lotte im Stroh. Seine Hände lagen offen auf seinen Knien. Sein Oberkörper war über sie gebeugt und er betrachtete ihr Gesicht. Ich hatte kaum Zeit zu denken, wie friedlich das Bild des knienden Mannes und des schlafenden Kindes wirkte, als ich sah, dass Lottes Augen offen waren. Im Schatten seines Körpers hatte ich ihr Gesicht nicht gleich erkannt. Doch nun sah ich, wie sie den Mann anstarrte, und ich sah das Entsetzen in ihren Augen.

Ich stieß die Tür auf und schrie. Ich schlug mit beiden Fäusten gegen seinen Rücken, und während ich aus den Augenwinkeln sah, wie er mit einem leisen Wimmern zur Seite sank, packte ich Lotte und rannte mit ihr ins Freie. Ich hob sie an meine Brust und hörte erst auf zu rennen, als wir an der Straße waren, wo ich mich unter einem Wagen verkroch und sie mit meinem Körper bedeckte, so gut ich es vermochte.

Und das ist es, was ich für den Rest des langen Weges mit mir trug: das Bild der Augen meines Kindes, zwei wasserhelle Tropfen in der Dunkelheit der Nacht.

Am nächsten Tag wurde die Straße freigegeben, und wir zogen weiter.

Ich habe unsere Schatten während so endlos vieler Stunden auf der Erde vor uns gesehen, dass es mir vorkommt, als müssten sie noch heute, ohne uns und ganz alleine, weiter und immer weiter ziehen.

HEINER JOSEPH
LANDMANN

Guten Morgen.

Was habt ihr gefühlt, Paulstädter, als ihr mich in dieses Loch hinabließt und Richard Regnier mir zum Abschied ein geknicktes Haselnussästchen hinterherwarf? Was habt ihr gedacht, als der Pfarrer seine Rede hielt? Er musste auf einem Küchenhocker stehen, um gehört zu werden, denn ihr wart alle gekommen – und dafür danke ich euch. Es ist mein letzter Dank, noch aus dem Grab heraus, in dem es sich übrigens gar nicht so schlecht liegt, wie ich immer befürchtet hatte.

Und wie sich der arme Pfarrer mit seiner Rede abgemüht hat! Kein Wort darin war wahr. Denn Wahrheit ist nicht mehr als eine Sehnsucht.

Hier liege ich, Euer Bürgermeister. Mein Vater, Heiner Joseph Landmann sen., liegt nicht einmal eine Armlänge neben mir. So nah sind wir uns im Leben nie gekommen. Sein Vater wiederum, mein Großvater, Theodor C. Landmann, liegt etwa anderthalb Meter unter uns. Man rutscht ab mit der Zeit.

Theodor C. war Baumeister und hat, wie ihr sicher wisst, den Stadtpark und das Schulgebäude entworfen. Er war gut im Rechnen und konnte Bäume malen wie kein Zweiter. Außerdem war er ein Menschenfreund. Das war Heiner Joseph sen. definitiv nicht. Er konnte Menschen nicht ausstehen. Die meisten, inklusive meiner Mutter und mir, hasste er sogar. Wahrscheinlich wurde er genau aus diesem Grunde Bürgermeister und schaffte es, sich knapp siebzehn Jahre lang zu halten. Das Amt verschaffte ihm den Abstand zu den Menschen, den er für nötig hielt. Er war ein schlechter Mann und Vater, und ich war ein dummes Kind und wollte es besser machen als er. In gewisser Hinsicht ist mir das auch gelungen.

Ich hielt sogar noch länger durch als du, Papa: Neunundzwanzig Jahre. So lange lag das Geschick der Stadt in meinen Händen.

Und wenn sich das nicht gut anhört, dann weiß ich nicht, was gut sein soll.

Und doch werdet ihr nicht müde, mir immer wieder meine Fehler vorzuhalten. Noch bis hierher, in die feuchte Tiefe meines Grabes, dringen eure Beschwerden. Ihr sagt, ich hätte dreiste und unhaltbare Versprechungen gemacht. Aber was hätte ich denn sonst tun sollen? Ich war Politiker. Und ich habe es ja versucht. Ich bin angetreten, weil ich etwas wollte für die Stadt. Das Beste.

Oder zumindest nichts Schlechtes. In jedem Fall etwas anderes als Papa.

Ihr sagt, ich hätte meine Konkurrenten, einen nach dem anderen, mit allen Mitteln aus dem Weg geräumt. Ja, genau das habe ich getan. (Obwohl es dazu, nebenbei bemerkt, nicht allzu vieler Mittel bedurfte.)

Ich höre euch von löchrigen Urnen raunen. Von Wahlzetteln, die verlorengingen und anderen, die doppelt und dreifach gezählt wurden. Aber Herrgott noch mal, wer fragt den Bock, wie er zu seinen Hörnern kam, solange er die Herde sicher durch den Winter führt?

Ihr sagt, ich hätte es mit den Frauen übertrieben. Um ehrlich zu sein, weiß ich nicht, was man mit Frauen übertreiben könnte.

Ihr redet von Bestechung. Bestechung, sagt ihr, sei eine böse Sache. Aber wie, frage ich euch, hätte ich denn geben können, ohne je zuvor genommen zu haben? Es lässt sich nur aus vollen Taschen schöpfen.

Genau hier und jetzt würde vielleicht jemand von euch, sicher einer der Mutigen, einer, der es immer schon wusste oder zumindest immer schon wissen wollte, nach vorne treten und mit fester Stimme fragen: Könntest du wenigstens im Tode ernster sein, als du im Leben warst, Landmann? Meine Antwort lautet: Nein.

Ihr meint, ich hätte Karl Jonas über sein halbtaubes Ohr gehauen, als ich ihn um seine Äcker brachte? Ich hätte Bodengutachter und Vermessungsingenieure geschmiert und dann beide Hände aufgehalten, als es um den Bauauftrag für unser von euch allen herbeigesehntes Freizeitzentrum ging? Meine lieben Freunde, wer wäre ich denn, euch Lügner zu schimpfen! Ja, ich habe den Fortgang der Dinge ein wenig beschleunigt. Die Zukunft hat an den Toren unserer Stadt gerüttelt – und da stand eben gerade zufällig ich und habe das Eintrittsgeld kassiert.

Später sind Dinge geschehen, die nicht mehr in meiner Macht standen. Hätten sie in meiner Macht gestanden, so wären sie nicht geschehen. Ihr alle erinnert euch an den schrecklichen Tag, an dem drei Menschen ihr Leben unter Trümmern lassen mussten. Träger wurden falsch gesetzt, Stahl zu früh gehärtet, Beton zu spät gegossen, der Boden war zu weich, zu tief, zu unterspült, ich weiß es nicht.

Der Tod dieser drei Menschen war unser aller Unglück. Dort drüben liegen ihre Gräber, Parzelle sieben, Reihe vier und fünf.

Stephan Wichant. Friedbert Loheim. Martha Avenieu.

Wisst ihr, was der bewegendste Moment meines Lebens war? Nicht meine Ernennung zum Bürgermeister, auch nicht der erste Kuss des Mädchens, das später meine Frau werden sollte (ihr wisst, wie die Geschichte ausgegangen ist). Nicht einmal die Geburt meines ersten Kindes, die ich damals noch als etwas Selbstverständliches betrachtet habe. Nein, es war der Moment, als wir uns auf der Parzelle sieben, Reihe vier und fünf zusammengefunden hatten, um drei unserer Mitbürger zu ihrer letzten Reise zu verabschieden.

In diesem Moment schlugen unsere Herzen zusammen, als wären wir alle ein einziger Organismus. Für diesen einen, todtraurigen Moment waren wir das, was man eine *Gemeinschaft* nennt.

Die innigste Gemeinschaft ist die Familie. Wer würde mir da widersprechen? Niemand. Also muss ich es selbst tun: Die Familie ist nichts weiter als eine Zwangsgemeinschaft. Das kann gutgehen, tut es aber oft nicht. Man weiß schließlich nicht, in welche Gesichter man blicken wird, nachdem man das heimatliche Universum der Gebärmutter verlassen hat. Eine Gemeinschaft wie die, die sich an jenem Samstagnachmittag im Herbst zusammengefunden hatte, ist etwas völlig anderes. Sie ist aus dem freien Willen jedes einzelnen ihrer Mitglieder erwachsen.

Und das ist es, was ich meine.

Wie ihr wisst, ist meine Mutter gegangen, gleich nachdem sie mich in die Welt entlassen hat. Krebs wurde zur damaligen Zeit noch nicht oft erkannt, und Mama dachte als begeisterte Katholikin, dass der Teufel in ihr wohnt und sich jeden Tag ein Stück ihrer Leber holt. Solange sie noch sprechen konnte, hat sie Ärzte beschimpft, ihre Medikamente verweigert und stattdessen ihre Seele dem hölzernen Jesus an der Wand des Krankenzimmers überantwortet. Ich glaube, sie war eine recht unbedarfte Frau.

Einer Legende nach habe ich im Alter von vier Jahren gesagt: Ich werde Bürgermeister und ihr könnt nichts dagegen tun! Keine Ahnung, ob ich wirklich die Bedeutung meiner Worte erfassen konnte, jedenfalls habe ich dabei wohl abwechselnd mit beiden Füßen in die Wohnzimmerdielen gestampft. Ich war ein sturer kleiner Bock und glaubte vermutlich, als Bürgermeister hätte man immer genügend erwachsene Frauen um sich herum und außerdem könne einem dann nie wieder etwas geschehen. Der erste Teil dieser Annahme stimmt, der zweite nicht.

Der Krebs hat auch mich erwischt.

Kennen Sie Friedrich Sertürner? Friedrich Wilhelm Adam Sertürner wäre gerne Baumeister geworden, wurde aber Apotheker. Und das war mein Glück. Denn im Jahre 1804 (als die Paulstädter Bevölkerung noch aus vier Bauernfamilien bestand, die zwar alle miteinander verwandt, jedoch bis aufs Blut verfeindet waren und deren Höfe ungefähr dort, wo heute Kobielskis Autofriedhof liegt, rund um einen morastigen Weiher standen) stibitzte Sertürner irgendwoher ein paar Löffel reines Opium und destillierte daraus Mohnsäure.

Später hat man der Mohnsäure einen anderen Namen verpasst: Morphium. Namensgeber war Morpheus, griechischer Gott der Träume, Sohn des Hypnos, Gestaltwandler, Bote zwischen den Welten, und obendrein auch noch der Gott des friedvollen Sterbens, was ihn meiner Meinung nach endgültig zum Sympathieträger macht.

Man kann Mama schon irgendwie verstehen: Krebs ist eine teuflische Angelegenheit. Du kannst ihn jahrelang mit dir herumtragen und merkst nichts, und dann auf einmal geht es los. Es ist früher Morgen, du sitzt mit dem *Paulstädter Boten* auf der Toilette, willst dir den Teil mit den Leserbriefen vornehmen, und plötzlich spürst du diesen Schmerz. Es fühlt sich an, als hätte sich ein Hund in deine Nieren verbissen und würde sie dir Stück für Stück aus dem Leib reißen. Nicht irgendein Hund, sondern einer mit blutunterlaufenen Augen, riesig, blöde und gemein. Du drückst beide Fäuste gegen den Bauch, kippst seitwärts von der Schüssel und wälzt dich auf den Fliesen. Irgendjemand ruft deinen Namen, poltert gegen die Tür, bricht sie auf, Geschrei, Notarzt, Blaulicht, Krankenhaus und so weiter.

Bereits mit der ersten Spritze wird es besser, und wenn du später am Tropf hängst und die Schmerzen langsam zu einer vagen Erinnerung verblassen, während du die unendliche Schönheit der Deckenlampe über deinem Bett betrachtest, hast du das Gefühl, dass sich alles schon wieder richten wird.

Das tut es natürlich nicht. Der Körper fängt an zu faulen und zu bröckeln wie ein altes Holzfass. Doch letztendlich ging es schnell und war verhältnismäßig angenehm. Morpheus hat mich in den Tod gewiegt.

Ich erinnere mich, wie ich einmal als Kind auf den Komposthaufen schiss, den Papa daraufhin mit seiner Mistgabel umschichtete. Heute steht ungefähr an der Stelle, wo der Haufen lag, das gläserne Bürohaus der Versicherung Lainsam & Söhne. Das sagt einiges über die Vergänglichkeit alles Menschlichen.

Ich erinnere mich an einen alten Topf, den ich in einem Winkel unseres Kellers fand. Ich pinkelte hinein und düngte damit die Tomatenpflanzen im Garten. Später erfuhr ich, dass der Topf gar kein Topf, sondern Großvaters Stahlhelm war, an dem ein Stück fehlte. Es war ihm mitsamt einem Großteil seiner linken Schläfe von einem scharfäugigen Engländer weggeschossen worden. Danach lebte Großvater noch sechsundvierzig Jahre und war gar nicht mal so schlecht drauf.

Ich erinnere mich an die vielen Hände, die ich gedrückt, und an die wenigen, die mich gehalten haben.

Ich erinnere mich an die Sonne über den schneebedeckten Feldern. Sie war eben erst aufgegangen, und ein paar Lerchen stießen in den Himmel. Es war, als ob sie flüchteten vor ihrem kalten Licht.

Ich erinnere mich an meinen Vater.

Ich erinnere mich an meinen Rathaussessel. Ich habe ihn von meiner Tante geerbt und ließ ihn als erste Amtshandlung ins Bürgermeisterzimmer schleppen. Er hatte den Wurm, aus einem Bein rieselte Holzmehl und aus den Rissen in der Polsterung quoll das Rosshaar. Er war alt, hässlich und nicht besonders gemütlich. Aber er gehörte mir allein. In all dem Wahnsinn um mich herum kam er mir vor wie ein winziges Stück Heimat. Ich konnte mich hineinsetzen und zurücklehnen, meine Hände im Rosshaar vergraben und mir dabei vorkommen, als hätte ich so etwas wie ein Zuhause.

Und damit, meine lieben Paulstädter, wollen wir ein letztes, wirklich allerletztes Mal zurückkommen zu meinen Fehlern: Ja, ich habe bestochen, falsche Versprechungen und wahrscheinlich einen ganzen Haufen unehelicher Kinder gemacht, ich habe gelogen und betrogen, ich war schlimm, ich war böse, ich war falsch und gemein. Zusammenfassend lässt sich sagen: Freunde, ich war einer von euch!

Ach ja, noch etwas: In letzter Zeit picknicken an lauen Sommerabenden ein paar junge Leute an unserem Grab, unter ihnen der Sohn des alten Schwitters, ein unfassbarer Dummkopf ohne Anstand und Manieren. Sie haben sich das Grab ausgesucht, weil es eine riesige Platte aus schwarzem Labrador-Marmor hat, die die Sonnenwärme bis in die Nacht hinein speichert. Da sitzen sie, reden unaufhörlich den größten Unsinn und verschütten ihr Bier, das sich über unseren in den Marmor gravierten Familiennamen ergießt und die Buchstaben verklebt. Manchmal pinkelt der junge Schwitters an die Rückseite des Grabsteins, was die Mädchen zum Kichern und Kreischen bringt. Ich nehme ihnen das übel. Ich hasse sie für ihre Dummheit und ihre Schönheit. Ich hasse sie für das Wunder, das sie in sich tragen und an das sie hinter ihren glatten heißen Stirnen keinen einzigen Gedanken verschwenden.

Kann jemand zu ihnen gehen und ihnen sagen, sie mögen für immer bleiben?

MARTHA AVENIEU

Als junges Mädchen schrieb ich lange Briefe an die Männer meiner Fantasie. Ich parfümierte die Seidenpapierbögen, steckte sie in unfrankierte Umschläge und warf sie mit pochendem Herzen in den Briefkasten. Ich frage mich, ob sie je geöffnet wurden.

Später schrieb ich einen Roman, doch niemand wollte ihn zu Ende lesen. Ich verbrannte den Blätterstapel weit draußen in den Feldern. Als er fast zur Gänze verbrannt war, stieß der Wind in die Asche, und ich stand in einem Gestöber flatternder Schatten wie in einem Schwarm zarter, schwarzer Schmetterlinge.

Ich war nicht wie die anderen Mädchen. Mir fehlte ihr Hang zur Fröhlichkeit und manchmal verzweifelte ich an meinen Träumen. Ich fühlte mich falsch in meinem Körper mit den dünnen Armen und dem langen Hals, so falsch wie in dieser Stadt mit ihren holprigen Straßen und dem modrigen Geruch, der im Sommer aus den Kellerfenstern ins Freie drang. Nachts lag ich bei offenem Fenster im Bett, ein Kissen fest umschlungen an meine Brust gepresst, und sehnte mich nach Freiheit und Licht.

Wenige Wochen vor meinem neunzehnten Geburtstag lernte ich Robert kennen. Er saß auf einer Bank am Rathausplatz und kam mir irgendwie verloren vor. Seine Jacke war falsch geknöpft, und als ich die kleinen Hände sah, die in seinem Schoß lagen, fühlte ich eine Wärme in mir, die ich bis dahin nicht gekannt hatte. Als wir uns in die Augen blickten, lächelten wir nicht. Von Anfang an waren wir beide auf eine merkwürdige Art verbunden. Wir waren so unterschiedlich, dachten und fühlten in entgegengesetzter Richtung, und doch gehörten wir zusammen. Wir waren wie zwei auseinanderstrebende Äste eines Stammes.

Wir heirateten, noch ehe wir zwanzig waren. Roberts Antrag war ungeschickt. Der Ring fiel ihm aus der Hand und er musste ihm bis unter die Küchenbank hinterherkriechen. Dabei rutschte ihm sein Hemd aus der Hose und ich sah seinen weißen, jungenhaften Rücken. Ich glaube, wir haben beide gelacht. Dann nahm ich den Ring und sagte Ja. Das Fest war wunderbar. Ich tanzte die halbe Nacht und trank Wein und unterhielt mich. Durch meinen Schleier sahen die Gesichter der Hochzeitsgäste weich und schön aus, und zum ersten Mal in meinem Leben fühlte ich mich als Frau.

Damals fing die Stadt an, langsam zu erwachen. An jeder Ecke dampfte heißer Teer, ganze Häuserzeilen wurden renoviert und an der Marktstraße entstanden breite, mit Laternen bestückte Bürgersteige. Am Abend meines einundzwanzigsten Geburtstages stand ich mit Robert unter einer dieser Laternen und redete auf ihn ein. Erregt von meiner eigenen Entschlossenheit und dem Wein, den wir getrunken hatten, war ich auf dem Heimweg stehen geblieben und hatte seine Hände gepackt. »Ich möchte etwas aus unserem Leben machen«, sagte ich. »Ich möchte etwas tun, arbeiten und wachsen. Ich möchte ein Geschäft eröffnen. Mit dir zusammen.« Ich konnte sehen, wie er sich bemühte, gefasst zu wirken, aber ich sah auch, wie seine Schläfenadern wurzelig hervortraten und pulsierten, als würden sie jeden Augenblick platzen. »Was meinst du mit Geschäft?«, fragte er.

»Ich meine einen Laden, für Schuhe. Einen Schuhsalon. So etwas gibt es noch nicht in Paulstadt, die Leute fahren weiß Gott wohin, um Schuhe zu kaufen. Ich habe ein bisschen Geld. Die Eltern können helfen. Wir legen unser Erspartes zusammen. Die Kohlehandlung im Erdgeschoss steht seit Jahren leer. Stell dir vor: wir beide, du und ich, in unserem eigenen kleinen Schuhsalon! Du wirst sehen, alles was wir brauchen, ist ein bisschen Mut. Möchtest du das, Robert? Möchtest du mit mir zusammen mutig sein?«

Sein Gesicht sackte ein wenig in sich zusammen,

doch dann sagt er: »Na ja, irgendetwas sollte man natürlich tun. Etwas anpacken. Und vielleicht ist die Idee gar nicht so schlecht.«

Ich fiel ihm um den Hals und küsste ihn.

Das Geschäft lief gut. Es hatte sich schnell herumgesprochen, dass am Stadtrand ein neuer Schuhsalon eröffnet hatte, und fast zu allen Tageszeiten klingelte das Glöckchen, das Robert nach einigen Fehlversuchen über der Tür angebracht hatte. Das Haus lag am Zubringer zur Landstraße in Richtung Westen. Unsere Wohnung befand sich direkt über dem Laden, mit Sonnenaufgang sah ich die Gesichter der Pendler hinter den Windschutzscheiben ihrer Autos, und wenn ich mich aus dem Fenster beugte, konnte ich den Staub vom Schriftzug *Marthas feine Damenschuhe* wischen. Ich arbeitete von acht Uhr morgens bis sechs Uhr abends, ich kümmerte mich um den Lagerbestand, die Warenpräsentation und um die Wünsche unserer Kunden. Robert war für die Buchhaltung zuständig, und manchmal saßen wir beide noch bis zum Morgen am Küchentisch, um gemeinsam Ordnung in sein verworrenes System zu bringen.

Robert war ein Mensch voller Unsicherheiten und Ängste, und er gab sich Mühe, dem Leben standzuhalten, das er als eine immerwährende Forderung begriff. Er kämpfte mit den Sorgen, die ihn bedrängten, und den Dingen, die seinen fahrigen Gliedmaßen immer im Wege zu sein schienen.

Der missglückte Heiratsantrag war nur die erste in einer langen Reihe von Ungeschicklichkeiten. Schuhkartons und Wachsdosen entglitten seinen Händen, Leistenspanner, Bürsten, offene Geldkassetten, alles fiel zu Boden, und fast wöchentlich gingen Dokumente und Rechnungszettel verloren. Er wusste nicht, wie man mit den Dingen des Lebens umgeht. Und er wusste nicht, wie man mit einer Frau umgeht. Es war, als ob Roberts Hände ein Eigenleben führten, unfähig, seinen Vorstellungen von Liebe nachzukommen.

Eines Nachts fragte ich ihn: »Was wünschst du dir eigentlich, Robert?«

»Wie meinst du das?«

»Ich meine im Bett.«

»Oh«, machte er, dann kam nichts mehr.

»Sag schon«, beharrte ich.

»Ich glaube, in dieser Hinsicht wünsche ich mir nichts«, sagte er.

Ich hätte gerne ein Kind gehabt. Ich hatte mir oft vorgestellt, wie es wäre, so einen kleinen Menschen im Arm zu wiegen. Wenn es größer wäre, würde ich es an der Hand nehmen und mit ihm über die Felder laufen. Wir würden Kränze aus Feldblumen flechten und uns im weißen Gestöber unter Pappeln drehen.

Manchmal, wenn wieder ein Monat vorübergegangen war, hörte ich nachts Roberts Atemgeräusche neben mir, spürte seinen im Schlaf zuckenden Körper und zitterte vor Sehnsucht und Freude auf das, was kommen sollte.

Doch es geschah nicht. Es ist müßig, nach Gründen zu suchen, es gibt keine Erklärung und keine Schuld. Ich machte Robert keine Vorwürfe, und statt mich der Verzweiflung hinzugeben, verwendete ich meine ganze Kraft darauf, das Geschäft zu führen. Ich wollte aus unserer Straße, die mir zunehmend grau und trostlos erschien, in die Stadtmitte ziehen und machte mich auf die Suche nach einem geeigneten Laden. Ich träumte vom Glanz heller, weiter Räume und der Eleganz von Salondamen, die jener ihrer Kundinnen in nichts nachstand. Jede Nacht stellte ich mir vor, wie es wäre, eine solche von Leben und Licht durchdrungene Atmosphäre zu schaffen. Manchmal schlich ich über die dunkle Treppe hinunter und probierte eines der neuesten Modelle an. Ich ging im Laden umher, betrachtete mich im Spiegel und lächelte, wie ich es als junges Mädchen nie getan hatte.

Die Schwierigkeiten begannen mit dem Tod der Blumenhändlerin Gregorina Stavac. Man fand die Leiche der armen Frau, die kaum jemand in Paulstadt richtig gekannt hatte, in der Lagerkammer ihres Blumengeschäfts in der Marktstraße. Die Lage des Ladens war ideal, doch der Kaufpreis überstieg unsere Möglichkeiten und kaum zwei Monate nach dem Begräbnis eröffnete dort ein großes, modernes Schuhgeschäft. Der Eigentümer war Edward Millborg, ein kräftiger Mann mit grauem Bart und wässrigen, blauen Augen. Er bezeichnete sich selbst als Unternehmer und bewegte sich auf unterschiedlichen Geschäftsfeldern, wobei ihm seine Freundschaft mit dem Bürgermeister zugutekam. Er trug bei jedem Wetter einen Strohhut und einen hellen Anzug, dessen Kragen wegen der vielen Pomade in seinem Haar von Flecken bedeckt war.

»Er wird es leicht haben, mit seinem Geld und der guten Lage«, sagte Robert, und in mir stieg ein Gefühl von Hass auf. »Halt den Mund«, sagte ich. »Halt einfach deinen Mund!«

Jeden Freitagmittag kam Edward Millborg in sein Geschäft, um nach dem Rechten zu sehen und den Verkäuferinnen ihren Wochenlohn auszubezahlen. Er saß dann auf dem Kassenstuhl und verteilte Geldkuverts und kleine, in Silberfolie gewickelte Schokoladenbonbons und lachte immerzu.

An einem dieser Freitage ging ich in die Marktstraße, um mit ihm zu reden. Ich wollte ihm verschiedene Dinge sagen. Es waren Dinge von größter Wichtigkeit, die mir noch in der Nacht klar vor Augen gestanden hatten. Doch als ich ihn inmitten der Frauen sitzen sah, fiel mir nichts davon ein. Edward Millborg saß da, seinen Hut in den Nacken geschoben, und steckte sich ein Bonbon in den Mund. »Ich möchte mit Ihnen reden«, sagte ich.

Er sah mich an und sagte: »Wer sind Sie, Madame?« Er sagte es mit einem Lächeln, doch es lag nichts Spöttisches darin.

Die Frauen zogen sich zurück und begannen sich mit den Regalen zu beschäftigen.

»Ich denke, Sie kennen mich sehr wohl«, sagte ich. »Mein Name ist Martha Avenieu.« Sein Lächeln verrutschte nicht, während er das Bonbon von einer Wange zur anderen schob. Plötzlich stand er auf und reichte mir die Hand. »Was kann ich für Sie tun, Madame?«

Ich sah mich um. Hier drinnen machte der Raum einen viel größeren Eindruck als von außen. Offenbar hatte Millborg die Wand zur Lagerkammer abreißen lassen.

»Dort hinten muss sie gelegen haben«, sagte ich.

»Wer?«, fragte er.

»Die Blumenhändlerin. An dieser Stelle etwa, bei dem Regal mit den italienischen Herrenmodellen.«

»Oh«, machte Edward Millborg, hob kurz den Hut und strich mit einer raschen Bewegung über sein Haar, in dem der Schein der Deckenlämpchen schimmerte.

»Niemand hat etwas bemerkt«, sagte ich etwas lauter, als ich beabsichtigt hatte. »Man hat die Frau einfach nicht vermisst, verstehen Sie?«

Die Verkäuferinnen hatten ihre Beschäftigungen unterbrochen. In einer der Schuhschachteln knisterte Seidenpapier.

»Sie ist ihr Leben lang alleine gewesen«, fuhr ich fort. »Ich glaube, niemand hat sie wirklich gesehen.«

Edward Millborg stand regungslos. Er lächelte jetzt nicht mehr. Ich wollte weiterreden, ich wollte ihm Dinge ins Gesicht schleudern, aber ich wusste nichts mehr.

»Sie denken, Sie haben es leicht mit Ihrem Geld und der guten Lage«, rief ich. »Dabei verstehen Sie doch gar nichts von Schuhen, Sie dummer Mensch. Sie dummer, armer, grässlicher Mensch!«

Als ich auf die Straße trat, schlug mir der kalte Februarwind entgegen. In den Fugen zwischen den Pflastersteinen war das Eis schwarz vom Schmutz des langen Winters. Nur wenige Menschen liefen über die Bürgersteige. Sie gingen gebeugt, die Gesichter in dicken Schals verborgen. Auf der anderen Straßenseite zog Margarete Lichtlein ihren Handwagen hinter sich her und redete gegen den einsetzenden Regen an.

Im Laden saß Robert hinter dem Kassentisch und heftete Unterlagen ab. Für jeden Vorgang unterhielt er einen eigenen, mit unterschiedlichen Farben beschrifteten Ordner: Ausgänge, Einnahmen, Bestellungen, Reklamationen. Robert liebte seine farbigen Ordner.

»Wie war es?«, fragte er. »Hast du es getan?«

Es war eine kindliche Erwartung in seinem Gesicht und ich hätte hineinschlagen können. Ich war wütend auf diesen Mann mit seinen kleinen, sauberen Händen, die außer Ordnern nichts anzufassen wussten und die jede Nacht still und unnütz auf der Bettdecke lagen.

»Ich … ich denke«, begann ich, doch dann verlor ich die Kontrolle. »Ja, ich habe es getan. Und ich werde noch mehr tun! Es sollte noch viel zu tun geben im Leben einer Frau, meinst du nicht auch?«

Mit wenigen Handgriffen raffte ich die Ordner vom Kassentisch und lief damit hinaus vor die Tür. Der Wind war noch stärker geworden und peitschte den Regen über die Straße. Ich warf die Ordner nicht etwa hoch in die Luft oder schleuderte sie mit aller Kraft über den Gehweg. Ich ließ sie einfach fallen. Ich sah, wie die Farben von Roberts Handschrift im schmutzigen Grau der Pfützen verschwammen. Durch die Auslagenscheibe, über die der Regen strömte, sah ich ihn und das Entsetzen in seinem Gesicht.

In derselben Nacht lagen wir nebeneinander im Bett und ich hörte ihn in der Dunkelheit weinen. Bestimmt hatte er beide Hände auf seinem Gesicht und schluchzte in die Handflächen hinein. Ich hatte mir früher oft gewünscht, ihn weinend in meinen Armen zu halten. Ich hatte die Vorstellung, dass sich mit den Tränen ein Verständnis jenseits aller Worte zwischen uns einstellen würde. Aber jetzt empfand ich nichts als Ekel. In meinem Bett lag kein Mann, sondern ein kleines Kind, das unsere frisch gewaschenen Kissenbezüge verschmierte.

Am Tag, als es geschah, waren wir um die Mittagszeit alleine im Laden. Durch das Schaufenster fiel das Sonnenlicht in flirrenden Strahlen und legte sich auf die mit einer feinen Staubschicht bedeckten Auslagenmodelle. Abgesehen vom Geräusch der Feder in Roberts Hand, die über die Seiten eines neuen Ordners kratzte, war es still. Ich saß auf einem Probierhocker und klebte Preiszettel auf die Sandalen. Es roch nach Leder. Noch nie hatte ich den Geruch so deutlich wahrgenommen. Alles war durchdrungen davon. Sogar die Stille roch nach Leder. Robert schrieb. Die Bewegungen seiner Hände waren ruhig und völlig gleichmäßig; sie waren von einer alles durchdringenden Langweiligkeit und Monotonie. Ich sprang von meinem Hocker auf.

»Lass uns gehen«, rief ich. »Wir fahren fort! Irgendwohin, wo man frei sein und die Gedanken fliegen lassen kann.«

»Und der Laden?«, fragte Robert hinterm Kassentisch.

»Der Laden bleibt heute geschlossen.«

In unserem Auto fuhren wir eine Weile durch die Gegend. Der Tag war sonnig und warm, und nur hier und da zog ein Wolkenschatten über die Felder. Ich hatte das Fenster geöffnet und atmete den Duft des Sommers ein. In der Ferne blitzte das Kuppeldach des Paulstädter Freizeitzentrums in der Sonne, und in mein Gefühl von Zuversicht mischte sich plötzlich die Sehnsucht nach Menschen, nach dem Klang ihrer Stimmen, Lachen und Musik.

Wir hielten auf dem Parkplatz, einer riesigen, blendend hellen Betonfläche, auf der nur ein paar vereinzelte Autos standen. Als ich ausstieg und ins Sonnenlicht trat, kam mir der Gedanke, dass mein Leben bislang nichts weiter als ein merkwürdiges Missverständnis gewesen war, und ich fühlte mich so glücklich und frei, dass ich am liebsten die Schuhe von den Füßen geschleudert und auf dem heißen Beton getanzt hätte.

Robert wollte nicht mit. Er sagte, er wolle lieber im Wagen bleiben und auf mich warten. Eine Welle des Zorns stieg in mir auf, doch dann sah ich die kleinen, nervösen Hände in seinem Schoß, und der Zorn verebbte wieder. Ich nahm sein Gesicht in beide Hände und küsste ihn auf die Stirn. Ich hatte so etwas lange nicht mehr getan. Seine Haut war feucht und warm, und ich küsste ihn, so wie man ein Kind küsst, zum Abschied oder zum Trost.

Als ich das Gebäude betrat, war ich überrascht von der kühlen Luft, die in einem unwirklichen Gegensatz zu der Hitze auf dem Parkplatz stand. Alles war weit und hell. Der Marmorboden und die Wände glänzten und durchs Glasdach in der Höhe fielen Säulen aus Licht. Hinter einer Auslagenscheibe stand eine junge Verkäuferin und sah zu mir herüber. Sie sah mich einfach nur an, und ich lief weiter, vorbei am Restaurant mit den großen Palmenkübeln, dem Eiscafé mit den kleinen Porzellanfiguren auf allen Tischen, dem in allen Farben leuchtenden Springbrunnen, der Bowlingbahn und dem Wettbüro, der Spielhalle voller klingender, piepsender, summender Automaten.

Ein Mann ging vorbei. Sein Blick war nach oben gerichtet. Er blieb stehen und legte seine Hände über die Augen. Ich sah, wie sich seine Schultern spannten. Dann ließ er die Hände sinken und wich zurück. Er ging ganz langsam rückwärts, das Gesicht immer noch zur Decke gewandt. Ich weiß nicht, warum ich seinem Blick nicht folgte. Ich glaube, ich dachte daran, wie es wäre, diesen Mann zu umarmen, und vielleicht hätte ich es sogar getan, doch da drehte er sich plötzlich um und fing an zu rennen. Dann hörte ich dieses

Geräusch, ein schnell anschwellendes, heiseres Kreischen. Es war, als ob die Luft in Schwingung geraten wäre und wie von selbst dieses alles durchdringende Kreischen erzeugte. Ich spürte ein Zittern unter meinen Füßen. Dann sah ich, wie der Boden sich bewegte. Ich sah den Mann stolpern und stürzen, einen Ausdruck wütenden Erstaunens im Gesicht. Er stolperte, weil der Boden vor ihm aufbrach, und er fiel hin und legte seine Hände über den Kopf, und ich sah, dass seine Hände voller Blut waren. Ich hörte die Schreie einer Frau. Aber ihre Stimme wurde verschluckt vom Kreischen der Luft und vom Ächzen des falschen Marmors, der barst wie Eis auf einer in Bewegung geratenen Wasseroberfläche. Aus den Augenwinkeln sah ich jemanden geduckt vorüberrennen, die Jacke zum Schutz über den Kopf gezogen. Vielleicht hätte ich es geschafft, wenn ich ihm hinterhergelaufen wäre, aber aus irgendeinem Grunde war ich nicht fähig, mich von der Stelle zu bewegen. Jetzt sah ich die Frau. Sie lag neben den Trümmern einer von der Wand gestürzten Steinplatte. Sie hatte die Knie an die Brust gezogen und ihr Gesicht war ebenfalls nach oben gewandt. Ihr Mund formte Worte, die ich nicht verstand. Ich blickte hoch. Und da sah ich, wie die gläserne Kuppel mit einem einzigen dumpfen Knall zerbarst. Es war, als würde in einem kurzen Augenblick wahrhaftiger Schönheit der Himmel platzen und sich öffnen für das Licht.

Aber ist es nicht merkwürdig, dass sich mir in dem Augenblick, in dem ich in den glitzernden Sprühregen der Glassplitter hochblickte, die mir nur eine Sekunde darauf das Gesicht zerschnitten, eine Vision offenbarte? Es war das klare Bild meines Mannes Robert, der draußen auf dem Parkplatz im Auto saß, im Schoß seine Hände, die nichts mehr weiter schaffen würden für den Rest seines Lebens.

Nachts, wenn sie sich wieder einmal hinunterschlich, um vor dem Spiegel zu posieren und sich wie eines dieser französischen Flittchen zu fühlen, blieb ich nicht im Bett, sondern setzte mich ans offene Fenster, wo ich hinaus auf die Straße schauen und endlich frei atmen konnte. Es war still, nur manchmal war das Rauschen von Autoreifen zu hören; die Konturen der Dächer ragten in den Nachthimmel, und es roch nach alten, feuchten Mauern, besonders im Frühling nach dem ersten warmen Regen.

Meine Mutter hatte mich als Kind oft ermahnt, niemals etwas zu bereuen. Sie meinte, die Reue mache nichts ungeschehen, belaste nur die Seele und habe darüber hinaus sowieso weder Sinn noch Zweck. Natürlich hatte sie recht, aber ich war nicht wie sie. Ich bereute die Dinge meist schon, während ich sie tat, und das machte das Leben nicht gerade leichter.

Ich sah Martha zum ersten Mal auf dem Rathausplatz. Sie spazierte mit zwei Freundinnen hin und her und lachte immerzu. Ich saß auf einer Bank, und jedes Mal, wenn sie vorüberlief, wandte sie den Kopf zum Rathaus hin und schien den Turm oder die Uhr oder sonst irgendetwas dort drüben zu betrachten.

Schon damals fiel mir ihr unglaublich langer Hals auf. Er war lang und schmal und machte mich verrückt. Ich wusste nicht, was zu tun war, saß einfach nur auf der Bank und kam mir genauso dumm vor, wie ich vermutlich auch war.

Ich fand heraus, wo sie wohnte, und eines Tages stand ich dort und wartete, bis sie aus dem Haus kam. Sie sah mich zuerst nicht an und ging einfach an mir vorbei. Doch dann drehte sie sich um und sagte: »Du kommst dir wohl ganz besonders draufgängerisch vor, wie?«

»Nein«, sagte ich. »Überhaupt nicht.«

»Es kann dir wohl nicht schnell genug gehen.« Ich starrte auf ihren Hals.

»Weiß nicht«, sagte ich.

»Na ja, alles wird man wohl nie wissen«, sagte sie. »Aber immerhin kann man sich doch bemühen, nicht?«

»Doch«, sagte ich. »Das kann man natürlich.«

»Und was wollen wir jetzt unternehmen?«

»Keine Ahnung«, sagte ich. »Vielleicht einmal um die Häuser?«

»Ein richtiger Draufgänger«, sagte sie, dann gingen wir los.

Wir heirateten bald. Ich machte ihr einen Antrag, und während ich versuchte, ihr den Ring anzustecken, sah sie mich die ganze Zeit an. Ihr Blick schien sich in meine Augen zu bohren, und ich bekam Zweifel. Der Ring fiel mir aus der Hand und rollte unter die Küchenbank. Sie lachte laut auf, und im selben Moment ahnte ich, dass dies womöglich der Anfang eines gewaltigen Missverständnisses war.

Immerfort sprach sie von Liebe. Doch für mich war Liebe weder ein Gottessegen noch das Ergebnis irgendwelcher Anstrengungen, sondern nur ein Wort unter vielen. Martha hatte mich interessiert, weil ich einsam war und weil man eben ein Mädchen haben musste. Und ich heiratete sie, weil ich Kinder wollte. Obwohl ich jung war, hatte ich kaum andere Wünsche an das Leben.

Ich hatte mir in den Kopf gesetzt, eigenhändig eine Wiege zu zimmern. Mit Schaukelkufen und einem Vorhang aus Seidentuch. Ich stellte mir vor, wie es wäre, die Geräusche eines so kleinen Menschen im Dunkel unseres Schlafzimmers zu hören. Martha sagte, ich würde mir dabei ganz sicher die Finger zersägen. Sie war der Meinung, wir wären wie zwei auseinanderstrebende Äste eines Stammes. Aber das stimmt nicht. Wir hatten keine gemeinsamen Wurzeln. Ich bin mir nicht einmal sicher, ob wir dieselbe Luft atmeten. Jahrelang standen wir nebeneinander zwischen Regalen voller Schuhe, die mich nichts angingen, schliefen in einem Bett, aßen an einem Tisch und blickten durch das immer gleiche Fenster auf die immer gleiche Zubringerstraße. Ein halbes Leben verbrachten wir in einem Raum, ohne uns wirklich zu berühren.

»Ich möchte ein Kind«, sagte ich zu Martha. »Der Mensch muss über sich selbst hinausreichen.«

»Lass mich darüber nachdenken«, sagte sie. »So etwas will überlegt sein. Und immerhin haben wir Zeit oder etwa nicht?«

Sie sagte immer solche Dinge. Worte, die die Leere zwischen uns füllen sollten, die aber keinerlei Bedeutung hatten.

Dann wurde sie schwanger. Es war wie ein Wunder, das wir uns beide nicht richtig erklären konnten.

Setzen sie sich lieber, sagt die Schwester, das kann hier noch dauern. Ich schüttle den Kopf und gehe zum Fenster. Unter einem Baum steht ein Mann und stochert mit einem Stock in einem Blätterhaufen. Ein kleiner Junge rennt an ihm vorbei und lacht. Der Mann hält inne und steht einfach nur da, in der einen Hand den Stock, die andere in der Hosentasche vergraben. Die Äste über ihm bewegen sich im Wind. Plötzlich geht es schnell. Sie schreit auf. Ihre Stimme klingt fremd. Sie wirft ihren Kopf zurück und krampft ihre Finger in die Matratze.

Die Hebamme arbeitet mit beiden Händen. Ihre Schultern heben und senken sich. Schnell jetzt, sagt sie und die Schwester läuft aus dem Zimmer. Du machst das gut, sagt die Hebamme, du machst das sehr gut, mach einfach weiter so. O Gott, stöhnt sie, o Gott, o Gott, o Gott. Ich berühre ihr Bettlaken. Kann ich vielleicht, sage ich und weiß nicht weiter. Sie stöhnt wieder auf, es ist ein langgezogener, auf- und abschwellender Klageton. Meine Hand liegt auf dem Laken wie ein Stück Holz. Die Schwester kommt wieder. Ein Arzt ist bei ihr. Er sagt nichts, lässt sich nur von der Schwester in die Handschuhe helfen und geht zum Bett. Plötzlich ist es heiß im Zimmer. Der Arzt und die Hebamme arbeiten schweigend, Schulter an Schulter. Die Hebamme streicht mit dem Daumen über ihre Wange und flüstert ihr etwas ins Ohr. Sie berührt das Gesicht meiner Frau, als wäre es selbstverständlich, und wahrscheinlich ist es das auch. Es könnte sein, dass es jetzt unangenehm wird, sagt der Arzt zu mir, aber Sie müssen nicht hierbleiben. Ich suche ihren Blick. Sie schließt die Augen. Schnell, sagt er und krempelt seine Ärmel hoch. Die Schwester packt mich an der Schulter und schiebt mich aus dem Zimmer. Das ist kein Ort für Männer, sagt sie, nur für Ärzte. Sie lacht und verschwindet wieder. Im Wartebereich sitzt ein Pärchen. Sie halten sich an den Händen und sehen mich an. Ich gehe auf die Toilette und wasche mir das Gesicht. Ich blicke in den Spiegel und schäme mich. Für einen Moment kann ich nicht glauben, dass ich es bin, und verlasse die Toilette. Das Pärchen ist verschwunden. Ich setze mich, lausche auf die Geräusche und die Schreie aus dem Zimmer und warte. Dann wird es drinnen ruhig. Lange passiert nichts. Schließlich geht die Tür auf und die Hebamme steht da. Es tut mir leid, sagt sie, aber das hätte sie nicht sagen müssen. Später legt sie mir ihre Hand an den Arm: Wollen Sie ihn sehen? Ja, sage ich. Er liegt auf einem lindgrünen Kissen. Seine Arme sind seitwärts weggestreckt. Sein Gesicht ist winzig. An seiner Schläfe klebt eine gelbe Schliere. Seine Augen sind zwischen tiefen Falten versteckt. Ich hebe das Kissen kurz an. Es ist viel leichter, als ich erwartet hatte. Ich sehe zu ihr. Eine dünne Haarsträhne klebt an ihrer Wange, und an ihrer Stirn zittert ein Sonnenfleck. Sie dreht den Kopf und blickt zum Fenster hinaus.

Ich habe ihr keine Vorwürfe gemacht. Ich habe sie nicht bedrängt. Ich habe sie nicht bemitleidet. Und sie schien die Angelegenheit ohnehin schnell vergessen zu haben. »Die Träume von gestern verwehen«, sagte sie einmal, »aber jede Nacht bringt einen neuen Traum, ist das nicht wunderbar?« Als ich sie das sagen hörte, wurde mir klar, dass ich sie hasste. Ich hasste alles an ihr: ihre Stimme, ihr Gesicht, ihr Lächeln, und am meisten hasste ich ihren Hals, diese lange, dünne Karikatur eines Halses. Ich strich ihr durchs Haar und sagte: »Ja, es ist wunderbar, Schatz.«

Sie meinte immer, ich verstünde nichts von Schönheit. Aber das stimmt nicht. Ich verstand nur nichts von dem, was sie unter Schönheit zu verstehen glaubte. Ich hatte keine Ahnung von Poesie, doch als sie mich eines ihrer Gedichte lesen ließ, wusste ich sofort, dass es nichts taugte. Es handelte von einer Frau auf Reisen, einem verängstigten Wesen, das in einem Paillettenkleid und weißen Schuhen in einem Zug sitzt und sich den Blicken irgendwelcher fremder Herren ausgesetzt fühlt. Es hatte keinen Rhythmus, keinen Geist und keine Melodie, nur ein paar schiefe und schwülstige Bilder. Ein Paillettenkleid im Zugabteil!

In den Nächten, in denen Martha unten vor dem Spiegel hin und her lief, saß ich am Fenster und stellte mir vor, wie alles ohne sie gekommen wäre. Ich versuchte mich irgendwohin zu denken, möglichst weit weg, an einen Ort ohne müde Pendlergesichter, ohne Regalstaub und Ledergeruch, ohne die dummen Fragen der Kundinnen und ohne die Träume dieser Frau, die nicht meine waren. Ich saß und sah in die Nacht hinaus, bis ich ihre Schritte auf der Treppe hörte und wieder ins Bett zurückkroch und mich schlafend stellte.

»Lass uns gehen«, rief sie an jenem Tag. »Wir fahren fort!« Dabei sprang sie vom Probierhocker auf, als hätte sie etwas gebissen. Ihr Kopf war rot angelaufen, so ergriffen war sie von ihrer Idee. Ich hatte nichts dagegen, Zu dieser Zeit lief der Laden schon lange nicht mehr. Um die Wahrheit zu sagen: Er war mausetot.

Wir fuhren zu dem neuen Freizeitzentrum, dessen Glasdach in der Ferne über den Feldern glänzte. »Ich habe so eine Sehnsucht in mir«, rief sie. »Ich möchte Menschen um mich haben! Ich möchte ihre Wärme spüren und ihr Lachen hören!« Solche Dinge rief sie über die Betonfläche des Parkplatzes, auf der ein paar Autos in der Hitze glühten.

Ich sagte: »Geh alleine. Ich habe keine Lust.«

»Du kommst natürlich mit«, sagte sie.

»Nein«, sagte ich.

Etwas Bösartiges blitzte in ihren Augen auf. Für einen Moment dachte ich, sie würde mich ohrfeigen.

»Du bist doch mein Mann, oder?«, fragte sie.

»Ja«, sagte ich.

Sie nickte, bewegte sich einen Schritt vom Auto weg, kehrte aber gleich wieder um und ich dachte: Jetzt ist es so weit. Doch dann geschah etwas Unerwartetes. Sie nahm mein Gesicht in beide Hände und küsste meine Stirn. Ihre Lippen fühlten sich kühl und trocken an. Ich kam mir vor wie ein Idiot. Sie ging, dann blieb sie noch einmal stehen. Für einen Augenblick stand sie mit leicht erhobenen Armen im Sonnenlicht, als rede sie mit einem Unsichtbaren, oder als wäre sie wieder ein kleines Mädchen, das gleich zu tanzen begänne. Dann verschwand sie im Schatten des Eingangs.

Die Hitze drückte durchs offene Fenster ins Auto. Ich setzte mich hinters Steuer, ließ den Motor an und rollte langsam vom Parkplatz. Auf der Landstraße gab ich Gas. Der Fahrtwind fühlte sich angenehm an. Er fegte durch einen Ordner mit losen Papieren, den ich auf der Rückbank vergessen hatte, die Blätter wirbelten im Fond umher. Ich machte das Radio an. Ich kannte die Musik nicht, aber sie war gut. Im Rückspiegel sah ich das Glasdach hinter dem hügeligen Horizont abtauchen. Ich dachte nicht mehr an sie. Vielleicht dachte ich an die Straße, die einfach so vor mir in der Landschaft lag, oder an das Lenkrad, das vibrierte und sich ein bisschen klebrig anfühlte. Aber eigentlich dachte ich an gar nichts mehr.

SOPHIE BREYER

Idioten.

HERIBERT KRAUS

Am Morgen. Die Straße ist nass. Von den Bäumen
tropft es, darunter riecht es schon nach Herbst. Das
Licht, als hätte es jemand über die Dächer gegossen.
Jetzt läuft es daran herab, an Schornsteinen, Dachrin-
nen, Wänden, wie zähflüssiges Gold. Das Gurren und
Flattern der Tauben klingt fremd. Es ist zu früh für
klare Gedanken. Denk nicht, tritt in die Pedale, die
Tour ist lang! Und die Beine noch steif. Es ist kalt. Das
Fahrrad schwer. Aus Stahl, muss ja was aushalten. Die
Taschen voll. Und Pflastersteine überall. Eine alte
Stadt. Alte Häuser. Alte Straßen. Gut fürs Stadtbild,
aber schlecht für Briefträger. Tritt in die Pedale, bald
geht es leichter. Nur der Anfang ist hart. Der Anfang
und das Ende.

Von der Leinestraße in die Thomasstraße geht es
in den Tag hinein. Es blitzt in den Fenstern. Der Himmel ist so hell, dass es wehtut in den Augen. Über den
Kernerplatz, am ältesten Baum vorbei. Der hohle
Stamm, gerade weit genug, um drei Kinder zu verstecken. Die Tulpen. Das Gras. Das Erdloch. Ein Fuchs
vielleicht. Ist wahrscheinlich nichts mehr zu holen,
draußen auf den Feldern. Der Kindergarten. An der
Wand schief gemalte Tiere. Giraffe. Elefant. Tiger.

Das Nilpferd schielt, an den Schaukelstangen glitzert der Morgentau. Im Gras eine Mütze, wie eine gelbe Blume.

Karolinenstraße. Kornweg. Brückenstraße. An der Nummer drei beginnt die Tour. Die Nummern eins und zwei gibt es nicht. Niemand weiß, warum.

Und wie geht es der Kleinen?, fragt Frau Haller am Zaun. Zerknautschtes Gesicht, aber immer freundlich. Zupft an ihrem Morgenmantel herum. Immer nur dieser eine Morgenmantel, niemals ein anderer. Man sieht zu, wie er ausbleicht über die Jahre, wie das satte, leuchtende Rot zum blässlichen Lachsrosa verkommt. Und was sagen die Ärzte? Oh, so etwas wünscht man sich natürlich nicht. Aber was soll man machen. Die eigenen sind ja längst schon raus. Aus dem Schoß, aus dem Haus, aus allem, so ist das eben. Aber Ihres ist ja noch klein. Das kann einem schon leidtun. Ach so, schon weiter? Selbstverständlich. Schönen Tag. Bis morgen. Bis morgen!

Die Brückenstraße ist eine der besten. Nur alte Leute, wenig Post. Die Luft ist jetzt schon warm. Die Straße streckt sich in der Sonne, vor kurzem erst geteert und gleich wieder aufgeplatzt. Dunkle Risse. Löcher. Gräben. Die Stadt hat kein Geld. Niemand hat Geld, aber immerhin riecht es nach Kaffee. Nach Brot und Wurst und Honig und Kakao. Nach Speck und fetten Spiegeleiern. Nach Toilettendunst und Seifenschaum. Durch die offenen Fenster, an der Wäsche vorbei, atmen die Häuser die Reste der Nacht aus. Darunter liegen die ausgeschütteten Träume im Gras. Wer hat das gesagt? Du selbst? Kaum zu glauben. Und ganz hinten steht immer noch Frau Haller, ein lachsrosa Fleck am Gartenzaun, und winkt.

Gespräche sind zu vermeiden, unbedingt. Die Einsamkeit der anderen ist nicht deine Einsamkeit. Hat Walther gesagt. Siebenundvierzig Jahre bei der Post und nur einmal krank. Nierenkolik. Zwei Tage Bett, Bauchwickel und Disteltee, dann wieder raus. Später hat er den Jungen die Touren beigebracht. Hat die Erweiterung auf zwei Zustellbezirke organisiert, danach auf vier. Vier Bezirke, vier Zusteller, ein Springer. Wenn du ein Problem hast, frag Walther. Der weiß Bescheid. Wenn er nicht Bescheid weiß, gibt es auch kein Problem. Aber eines Tages dann das Herz. Auf dem Weg zum Amt einfach umgefallen, direkt vor der Dürrstraße sieben, das Haus mit den Fernreiseprospekten.

Leberstraße. Greinerplatz. Der Goldene Mond liegt im eigenen Schatten, als ob er das Sonnenlicht einfach schluckt. Am Gehsteig davor ein Weinglas, halb leer mit Kippe. Drinnen sitzen noch drei oder vier. Und hinten wohnt der Wirt und gibt einfach nicht auf.

Vom Greinerplatz abbiegen in die Halbgasse. Gleimstraße. Wernerstraße. Neue Häuser auf alten

Fundamenten, wie aufgepfropfte Zahnplomben. Die blinden Fenster an der Nummer sieben. Nie ein Mensch zu sehen, und doch immer wieder Briefe, kleine Kuverts mit hellblauer Handschrift. Davor die große Baugrube, darin seit Jahren ein Bagger, eingesunken, rostzerfressen, die Schaufel gegen den Himmel gereckt. Kein Bagger hält nach Feierabend seine Schaufel hoch. Dieser schon. Vor der Nummer neun der Kirschbaum und kaum zu erkennen im Kirschbaumschatten: Herr Rudolf. Sitzt da, die fleckigen Hände im Schoß, die Augen verschwollen und rot. Ist schön hier draußen. Die frische Luft, da kann man sich nicht beschweren. Der Baum, ein alter Krüppel, aber immer noch die saftigsten Kirschen. Fast schon schwarz und kaum Würmer drin. Wollen Sie? Dort steht der Korb. Müssen ja weg, bevor die Viecher. Nichts, was wächst, kann man besitzen, nicht wahr?

Und immer wieder Kinder. Hocken in Zimmern. Staunen hinter Gardinen. Kriechen durchs Gras. Richten sich auf, stemmen sich hoch, rutschen aus, fallen hin, schreien, heulen, lachen, machen es wieder und wieder. Die können das. Sind gesund und wissen nichts von ihrem Glück. Manchmal im Kinderwagen ein winziges, dunkelrotes Gesicht. Ein Fuß, so klein, dass man es kaum glauben kann. Und die Großen. Stehen rum und rauchen. Jetzt kommt die Erinnerung: Hier hast du ja auch, genau dort. Auf der Mauer.

Hinter der Hecke. Oder auf der Bank im Haltestellen-häuschen. Die Kindheit ist der Ort der ersten Male. Weiter. Es ist warm geworden. Heiß eigentlich. Aber nicht unangenehm. Der Wind im Gesicht. Der kommt weit über die Felder und bringt den Geruch von verbranntem Stroh mit. Wieder eine Erinnerung. Scheuch sie weg. Mein Kind. Denk nicht daran. Mein Kind. Weiter. Über den Mollardweg in die Grün-straße, sieben Kuverts und kein Prospekt, einmal um die Ecke, und dann endlich: die Marktstraße. Pul-sierende, immer durchströmte Lebensader, so steht es im Stadtwerbeprospekt, der im Rathaus ausliegt. Das Gesicht der Stadt. Oder das Herz. In jedem Fall der ganze Stolz. Und doch eigentlich nur eine Straße, vierhundert Meter lang, höchstens. Die Lastwagen müssen auf die Gehsteige, um sich aneinander vorbei zu drängeln. Aber es stimmt schon: immer was los. Drüben kommt der Herrenschneider Yılmaz aus sei-nem Ladenloch und gähnt und streckt sich, wankt dann halbblind durchs Sonnenlicht, so dürr, dass er kaum einen Schatten wirft. Schneidert Hosen und Anzüge und macht türkischen Tee. Der stärkste Tee der Welt, sagt er und lacht, da stehen selbst die Toten auf und fangen an zu tanzen! Jetzt wankt er ins Lehmkuhl hinüber. Ältestes Haus am Platz. Straßen-raumbewirtschaftung, Mittagessen für vier fünfzig inklusive Getränk. Yılmaz muss aufpassen, dass ihn das Auto nicht erwischt, oder das Fahrrad gleich dahinter. Der Radfahrer ist ein Lehrer. Typisch. Für was gibt es eine Klingel? Zerstreut wahrscheinlich. Mathematik wahrscheinlich. Das Hirn voller Zahlen, und mittags schon auf dem Heimweg. Andererseits besser Fahrrad als Straßenbahn. Sollte hier ja auch mal hin. Nichts draus geworden. In diesem Falle natürlich gottseidank. Wer bitteschön braucht eine Straßenbahn? In einer Stadt, die man von Nord nach Süd in fünfundzwanzig Minuten durchläuft, von West nach Ost in nicht einmal zwanzig? Im Mehlspeis ist kein Tisch mehr frei. Alles voll mit alten Damen. Torten vom Feinsten, aber natürlich ungesund. Alles, was Spaß macht: ungesund. Von Anfang an das ganze Leben ein einziges Gesundheitsrisiko. Den Damen macht das nichts aus. Die sitzen vor ihren Tortenstücken, zurechtgemacht und aufgedonnert, für wen oder was, man weiß es nicht. Die meisten Männer liegen ja längst schon drüben auf dem Feld. Kaum noch einer übrig. Jetzt halten die Damen ihr eigenes Andenken hoch. Blusen, Jäckchen, Seidentücher. Handtaschen, groß wie Reisekoffer. Die Gesichter einzementiert mit Schminke, das weiße, blaue, violette Haar wattig aufgeföhnt, obendrauf ein Hut, ein Tuch, eine Mütze, gesteckt, geknotet, genadelt, gehakt. Auf der anderen Straßenseite schließt Fleischermeister Buxter seinen Laden. Blutige Schürze, blutige Hände, müdes Gesicht. Eigentlich ein Kerl wie ein Vieh, aber die Schultern längst nicht mehr so breit und rund wie früher. Schließt einfach ab, um die Zeit. Hat es vielleicht nicht nötig. Oder kein Fleisch mehr. Oder keine Kunden. Man hört ja einiges. Aus dem Schwarzen Bock kommt ein Herr. Aktentasche, Anzug, Hut, bei dieser Hitze. Hinüber in die Bäckerei Stranzl. Einen Kaffee, ein belegtes Brot auf die Schnelle, Butter, Wurst, Gurken und Eierscheiben, so dünn geschnitten, dass es durch den Dotter grünlich hindurchschimmert. Oder aus ihm herausschimmert. Früher hätte es das nicht gegeben: Wurstwaren in der Bäckerei. Der Herr mit Hut mag es. Im Schwarzen Bock wahrscheinlich kein Frühstück gekriegt oder das Frühstück verweigert, stattdessen noch Geschäftliches auf dem zerfransten Sofa im Foyer oder Fernsehen auf dem Zimmer, und jetzt schnell weiter, mit dem Auto oder Bus, das belegte Brötchen auf dem Schoß und die Eierkrümel überall. Aus der Eisenhandlung Tessler dröhnt und hämmert es heraus. Aber da können sich die Nachbarn beschweren, soviel sie wollen. Da helfen keine Anzeigen bei der Polizei und auch keine Eingaben beim Rathaus. Weil ja der alte Tessler mitsamt seiner Tochter im Gemeinderat sitzt. Immerzu dieses Dröhnen und Hämmern am Nachmittag, angeblich Bleche. Aber wozu denn so viele Bleche? Gegenüber in Wittmanns Weinstube hört man das vielleicht nicht. Gute Weine. Aus Spanien. Da scheint einem aus jedem Glas die Sonne entgegen, sagt Frau Wittmann, sogar im Winter. Dabei hat sie selbst gar nichts Sonniges. Eher kalkweiß das Gesicht. Die Lizenz zur Straßenraumbewirtschaftung schon zigmal beantragt. Aber da bleibt das Rathaus stur, Kaffee und Bier ja, Wein nein. Salamaleikum! So sagt man doch, oder? Der Gemüsehändler. Ein echter Paulstädter. Das muss man anerkennen. Grüßt jeden, der vorbeikommt, und gibt dem Briefträger Trinkgeld. Das Gemüse immer frisch, wie angemalt. An der Polizeistation tut sich was. Einer kommt heraus. Schaut sich um. Stemmt die Hände in die Hüften. Früher ein großer Raufbold, jetzt Polizist. Hinüber in Sophie Breyers Tabakladen, den *Paulstädter Boten* und Kaugummis für die Kinder. Bezahlt wird nicht. Da lacht Frau Breyer nur. Und wieder zurück aufs Revier, gibt ja weiter nichts zu tun. Hie und da eine Rauferei. Selten mal ein Zechpreller. Einmal Mordverdacht, dann aber nur Totschlag. Immerhin: Letztens hat ein Briefkasten gebrannt. Die Klappe aufgerissen. Die Wand verrußt, schwarz bis unter die Decke. Sonst keine weiteren Vorkommnisse. Ruhe in Paulstadt. Irgendwann für immer. Kürzlich erst wieder eine. Die alte Frau Kern, Hermstraße fünf, blaue Haustür, Briefpost nur vom Enkelsohn. Im Lehnsessel einfach weggenickt, im Schoß einen Teller mit sauren Gurken. Oder dieses Kind im Sumpfloch. Da kannst du nichts machen. Man beginnt ja schon zu sterben, sobald man zum ersten Mal an den Tod denkt. Horch, es ist still! Bei Tessler ist jetzt Pause. Da sitzen sie beim Butterbrot und die Bleche kühlen aus. Und überm Rathaus kreisen schon die Schwalben. Aber wieso hat denn jetzt der Blumenladen zu? Nicht einmal ein Schild. Heute keine Blumen. Dann eben die Prospekte unter der Tür hindurch. Von drinnen ein kühler Luftzug über die Finger. Gregorina. Schon der Name ein Versprechen. Man versucht sich die Blumenhändlerin vorzustellen. Ihre Gestalt. Ihre Haare. Ihr Gesicht. Es sind die Gesichter, die bleiben, heißt es. Aber das stimmt nicht. Keines bleibt. Nicht einmal das eigene. Gerade das eigene nicht.

In der Weingasse ist es wieder ruhig. Die Gasse ist so schmal, dass die Sonne kaum je hineinfindet. Jetzt kommt die Müdigkeit. Durchatmen. Hinsetzen. Auf die Treppe vor der Nummer Neun. In der Seitentasche die Thermosflasche, im Winter Tee, im Sommer Saft. Zu allen Zeiten Kekse. Dort vorne trippelt schon die erste Taube. Der Stein ist kühl, es riecht nach Kellerstaub und alten Zeiten. Denk nicht daran. Denk nicht an zuhause. An das Zimmer oben. An die Vorhänge, das Bett, die Decken und Kissen. Das kleine Gesicht, das immer noch kleiner zu werden scheint. Ganz weiß, weißer noch als die Decken und die Kissen und die Tücher, die frisch gewaschen und gestapelt daneben liegen. Die kleine Hand. So leicht, als wäre sie aus Papier. Auf jetzt! Ein Keks für die Taube, dann muss es weitergehen. Nur noch vier Straßen. Aber zum Ende hin zieht es sich. Die Knie stechen und in der Schulter hat sich was verhakt. Das wird wieder, sagt der Arzt, aber er hat keine Ahnung. Die Ärzte wissen nichts. Oder vielleicht wissen sie alles und trösten nur, und das ist das Schlimmste. Vier Straßen. Drei. Zwei. Strampelst mit deinem müden Schatten um die Wette. Es kommt nicht darauf an. Du sollst etwas mitbringen, darauf kommt es an. Jeden Tag etwas, nur eine Kleinigkeit. Ein Zettel. Ein Stein. Eine Schokolade. Unterm Apfelbaum in der Weichselstraße das Fahrrad auf den Doppelständer und hoch und strecken und noch ein bisschen höher, da hängt er schon. Genau richtig, groß und rot mit einem Flecken Grün drin. Unversehrt muss er sein. Unverletzt. Weiter, die letzten Häuser. Die letzten paar Briefe. Dort vorne das Ende. Die Nummer vierunddreißig. Das schwarze Holzhaus mit dem Moos in den Ritzen und dem Plastikteich. Vier Frösche mit vergilbten Kronen, aber seit Jahren schon kein Wasser mehr. Der letzte Brief. Durch die Hecke blitzt das Sonnenlicht. Es ist noch Zeit. Und nach Hause geht es nur bergab.

HEIDE FRIEDLAND

Wenn ich mich richtig erinnere, waren es siebenundsechzig. Auf einen mehr oder weniger kommt es nicht an. Der Mann mit den Besen zählt nicht. Er trug stets zwei Besen mit sich herum. Im Goldenen Mond stellte er sie am Tresen ab, und wenn er ein paar Gläser zu viel hatte, was ziemlich oft vorkam, begann er mit ihnen zu reden. Er nannte sie Charlie und Taff und manchmal strich er mit den Fingern durch ihre Borsten. Er zählt nicht.

Der Letzte war ein pensionierter Bundespolizist, der sich in Paulstadt aufhielt, um die Angelegenheiten seiner verstorbenen Schwester zu regeln. An den Nachmittagen saß er im Lehmkuhl und bestellte belegte Brote. Er hatte einen weißen Schnauzbart, in dem die Krümel hängen blieben. Unsere Liebesgeschichte dauerte nicht mal eine Woche, dann waren die Dinge der Schwester erledigt. Als er weg war, schrieben wir uns noch ein paarmal. Der letzte Brief, der mich erreichte, war von seiner Tochter: *Ich wollte Sie informieren, dass unser geliebter Vater ... Er hätte bestimmt gewollt ... Immerhin waren Sie ja ...* usw. Danach kam nichts mehr.

Zwanzig Jahre zuvor hatte ich schon mal was mit einem Schnauzbart – er war für ein paar Tage im Schwarzen Bock abgestiegen und musste dann weiter nach Übersee. Hat er zumindest behauptet. Jeden Morgen stand er eine halbe Stunde vor dem Spiegel und streichelte und zupfte an seinem Bart herum. Der Schnauzer war gewaltig und bewegte sich auf und ab, wenn er sprach. Es sah aus, als hockte ein Lebewesen unter seiner Nase. Aber ich hätte ihn wirklich gerne wiedergesehen. Er hatte schöne Beine.

Dann gab es diesen Zeichenlehrer, der in einer Unterrichtsstunde plötzlich seltsam wurde, sich mit Ölfarbe einen Strich quer über die Stirn zog und anschließend aus dem Fenster sprang. Der Klassenraum lag im ersten Stock, und er brach sich beide Beine, doch sein Kopf hat wohl etwas abgekriegt und er verließ Paulstadt als schreiender König in einer weißen Kutsche.

Und dieser Lennard, der war Romantiker. Streute Rosenblätter aufs Bett, sagte schöne Sachen über meine Augen und meine Stirn und so. Er hatte eine Glatze, die er jeden Tag sorgfältig rasierte, mit einer duftenden Creme betupfte und anschließend mit einem Schwämmchen so lange abrieb, bis sie glänzte wie ein rosaroter Luftballon.

Mit Hermann ging ich in die Felder. Er sagte, er liebe das Rauschen im Mais, aber ich glaube, in Wirklichkeit ging es ihm um etwas anderes. Auf dem Rückweg in die Stadt summte er immer dieselbe Melodie. Ich habe nie rausbekommen, welche es war. Ich habe ihn mehrmals danach gefragt, doch er meinte, er wüsste es selber nicht.

Roland traf ich im Winter. Er rannte mich auf der Straße fast über den Haufen. Danach stand er da und schaute auf den Boden hinunter. An seinen Augenbrauen hingen Schneeflocken. Ich weiß nicht, ob er mir jemals in die Augen gesehen hat. Ich kann mich jedenfalls an ihre Farbe nicht erinnern. Eigentlich blieb mir nichts von ihm in Erinnerung, außer seinem Namen und diesen großen, zittrigen Flocken über seinen Augen. Ich glaube, ich habe sie ihm mit der Fingerspitze von den Brauen gewischt, und das war sein Verhängnis.

Aber die meisten hatte ich im Sommer. Ich mochte es, wenn sie schwitzten, und ich roch gerne an ihnen. An manchen dieser warmen Sommerabende erschien einem alles ganz leicht. Man konnte die Fenster weit aufmachen und es inmitten der Stadtgeräusche treiben.

Ich mag keine kalten Füße. Henri hatte sehr kalte. Er gab sich Mühe, mehr als die meisten anderen, aber er konnte die Kälte seiner Füße durch nichts ausgleichen. Eine Berührung seines Zehs war ein Windstoß über dem Eismeer, der dich unerwartet trifft und deinen Körper und das Bett und das Zimmer und die Birke und die Vögel und die Wolken vor deinem Fenster mit einem Schlag zu klirrendem, brüchigem Eis erstarren lässt.

Und Hans, der war mir zu alt. Zumindest, um ihn noch mal zu treffen. Er erinnerte mich an jemanden, ich weiß nicht an wen, aber ich schwöre, es war nicht mein Vater. Und er tat mir ein bisschen leid. Er saß am Bettrand, seine Beine waren ganz dünn und seine Zehennägel gelb und rissig. Und er hatte lange, weiße Haare auf dem Rücken. Er fragte mich dreimal, ob mich seine weißen Haare störten, und beim dritten Mal sagte ich ja.

Der Schönste war Frederik. Er war so schön, dass ich es kaum glauben konnte, als ich ihn zum ersten Mal sah. Er hatte große, dunkle Augen, doch wenn er einen ansah, war es, als ob er bloß in einen Spiegel blicken würde. Ich habe ihn kein einziges Mal lachen sehen. Sein Herz war vergiftet, und später auch seine Leber. Ich glaube, es war nicht der Alkohol, der ihn fertigmachte. Er ging an seinem eigenen Gift zugrunde.

Mit Ralph ging es fast zwei Jahre. Er war kein richtiger Mann, also nicht das, was man im Allgemeinen darunter versteht. Das gefiel mir. Seine fehlende Männlichkeit gab mir eine merkwürdige Art von Sicherheit. Dabei war er Anwalt. Um genau zu sein: Er war der gefürchtetste Rechtsanwalt der Stadt. Zuhause lag er bei mir, versteckte sein schmales Mäusegesicht in meinen Armen und schämte sich. Er sagte, er schäme sich für alles, was er tue und sei, für seine schiere Existenz. Die Scham sei irgendwann vor langer Zeit wie ein Nebel in sein Inneres gekrochen und zersetze ihm seitdem langsam und stetig das Herz. Das sagte er. Doch draußen war er anders. Er brachte Hunderte vor Gericht, egal ob sie es verdient hatten oder nicht. Im Gerichtssaal hingen sie alle an seinen Fäden und er stand da, grinste und war groß bis unter die Decke.

Sigmund wäre gerne Maler geworden. Er verbrauchte unglaubliche Mengen Farbe, verkaufte aber kein einziges Bild. Einmal schenkte er mir ein Aquarell, auf dem nichts zu erkennen war. Es lehnte lange Zeit an der Garderobe in meinem Flur, irgendwann war es dann weg.

Klaus roch schlecht. Ich glaube, er hatte Probleme mit dem Magen. Abends hat er mir manchmal aus einem seiner Bücher vorgelesen. Wenn er in dem Lehnsessel beim Kamin saß und ich am Tisch blieb, war es auszuhalten.

Mit Hilmar wollte ich mich verloben. Ernsthaft. Aber er weigerte sich, Ringe zu kaufen, und da habe ich ihn vor die Tür gesetzt. Er hat sich dann eine der aufgetakelten Kellnerinnen aus dem Café Mehlspeis geschnappt und sie drei Wochen später geheiratet. Jahrelang sind die beiden nebeneinander durch die Stadt getrippelt wie zwei traurige Vögel. Ich glaube, er starb vor ihr.

Kurt war ein Träumer. Er hatte Muskeln wie ein Stier und immer dreckige Fingernägel. Aber in seinen Augen schien sich der Himmel zu spiegeln, vermutlich selbst dann, wenn er unter einem seiner Autos lag (was meistens der Fall war).

Paul war auch nicht schlecht. Wenn er betrunken war, sagte er, er habe die Sümpfe trockengelegt und nebenbei die Stadt gerettet. Ich habe ihm ein Foto geschenkt. Es zeigte mich als Kind, schwarzweiß, mit Zöpfen und ernstem Gesicht.

Mein Erster war siebzehn, zwei Jahre älter als ich. Alles an ihm roch nach Tinte. Er schrieb Gedichte, die sich nicht reimten und auch sonst keinen Sinn ergaben. Er meinte, es seien Wortskulpturen. Später kam er im Rathaus unter. Er war dort für die Heizung zuständig und saß manchmal in der Pförtnerloge.

Lennie, Hagen, Wilfried, Werner I, Werner II, Helmut, Tom, Rudolph, Christian I, Christian II, Christian III, der Gärtner, der Doktor, der Kleine, der Kerl mit der Tasche, der Teigige, der Mann, den niemand gesehen hat. Es war erstaunlich: Kaum war einer weg, stand der Nächste schon da. Dabei hatte ich gar nicht viel zu bieten. Ich war nicht einmal besonders hübsch. Aber im Grunde ist den Männern das Aussehen einer Frau egal. Sie wollen sich selbst gut fühlen, das ist alles.

Einer hat mich gerettet. Ich habe seinen Namen vergessen. Egal, was ich anstelle, ich krieg seinen Namen einfach nicht raus. Er hat mich gerettet, weil er gegangen ist.

Jonathan war religiös. Anfangs sprach er ohne Unterlass von Gott, dann habe ich ihm meine Meinung gesagt und er ließ mich damit in Ruhe. Insgeheim habe ich ihn beneidet. Er ging in die Kirche, und wenn er wiederkam, sah sein Gesicht aus, als läge immer noch der Lichtschein der Mosaikfenster darauf. Nachdem der Pfarrer alles abgefackelt hatte, lag Jonathan drei Tage lang in meinem Bett und rührte sich nicht. Danach stand er auf und unsere Beziehung war beendet.

Oswald hatte lange, kräftige Arme, doch er wusste nicht damit umzugehen. Sie baumelten an seiner Seite, als wären sie an den Schultern angenäht. Dabei sind Arme wichtig. Sie müssen nicht unbedingt kräftig sein, aber sie müssen dich halten können. Du kannst in den Armen eines Mannes liegen und dich vollkommen verlassen fühlen. Er hält dich fest und fühlt sich selbst ganz wunderbar, denn in seinem Inneren ist es warm wie in einem Ofen. Aber nichts von dieser Wärme dringt nach außen, und alles an dir zieht und krümmt sich immer mehr zusammen, bis du zu einer harten, kalten Murmel geschrumpft in seiner Armbeuge steckst. Und dann kommt einer und legt seinen Arm um dich, und die Berührung ist wie eine Erinnerung. Sie ist warm wie ein Sommertag in den Feldern. Die meisten Männerarme bedeuten einem nichts. In manchen möchte man wohnen.

Es gab einen, der nach verbranntem Holz roch. Und einen, der sich das Knie verdrehte, als er mir einen Antrag machte. Und einen, der immer La Paloma pfiff. Und einen Dicken, der kaum die Treppen hochkam und noch keuchte, als er längst schon auf dem Teppich lag. Und Edward. Und Hannes. Und viermal Martin. Und Heiner. Und Heiners Vater. Und Gerhard. Und Burkhart. Und Fritz. Und den Mann mit dem dreibeinigen Hund. Die beiden hassten einander. Ich glaube, der Mann hat dem Hund das Bein abgeschlagen, als der noch ein Welpe war. Der Hund hat ihm später den Unterarm zerfleischt. Angeblich liegen sie nebeneinander in einem Grab. Es gab ziemlich viele Spinner in meinem Leben, irgendwie muss ich sie angezogen haben. Meine Mutter hat mal gesagt, in jedem Acker stecken auch ein paar aus der Art geratene Rüben – aber schmecken tun sie alle gleich.

Du warst kein Spinner. Du warst nicht einmal halb verrückt. Du warst weder schön noch interessant noch sonst irgendwie auffällig. Du warst *normal*. Ich habe nie begriffen, wie du mir passieren konntest. Du sagtest, komm, ich kaufe dir ein Eis. Dabei war noch nicht mal richtig Frühling. Danach gingen wir zu dir. Es war nichts Besonderes, und in deinem Schrank hingen zehn hellblaue Hemden. Ich weiß nicht, warum wir uns wieder getroffen haben und ab wann genau alles anders wurde. Ab wann hast du es zum ersten Mal gesagt? Ab wann habe ich es zum ersten Mal gehört? Ab wann habe ich meine ganze Kraft darauf verwendet, dich zu rühren? Na ja, vielleicht war es bloß die Einsamkeit. Vielleicht waren es deine Arme. Ganz sicher bin ich mir da nicht. Weißt du es? Wenn du es weißt, behalte es für dich. Versprich mir, dass du es für dich behältst!

FRANZ STRAUBEIN

Ein Haus. Vier Stockwerke. Achtundvierzig Stufen. Eine Fußmatte: *Willkommen zu Hause.* Ein Tisch mit Astlöchern. Zwei Fernseher (einer davon schwarzweiß). Ein Bild mit Meer, Wolken und Fischerboot. Ein anderes Bild mit Feldblumen. Zweiundzwanzig Aktenordner. Eine Kiste mit dreihundert Fotos (ungefähr). Neun Fenster, keine Vorhänge. Drei Antennen. Ein Vogelskelett. Ein einziger Blick ins Weite. Sechs Grad unter null und wieder einmal die Heizung kaputt. Eine hellblaue Tasse. Vier hauchzarte Risse. Eine ganze Menge Scherben. Zweihundertfünfzig Quadratmeter Garten. Achtzig Quadratmeter Beton. Drei Autos. Sechs Versicherungen. Keine Auszahlung. Zwölf Mal Krankenhaus. Siebzehn Angehörige. Drei Frauen. Eine Liebe. Ein Sohn, der mich nicht kennt. Achtundsechzig Jahre und drei Monate. Ein Eintrag im Stadtregister. Ein Name. Zwei –

»Es wird Regen geben.« Wir alle heben den Kopf und sehen die große, schwarze Wolke heranziehen. Ihr Schatten legt sich auf das Gesicht des Vaters, auf das Haus, auf das flache Land dahinter. Ich denke, die Landschaft geht immer so weiter, und alles gehört uns. Ich bin fünf oder sechs. Wir arbeiten stumm weiter. Der Vater führt das Gespann mit der Erntespindel, die Älteren holen die Kartoffeln mit Gabeln und Hacken aus dem Boden. Wir Kleinen und die Frauen sammeln sie in Körbe. Wir schwitzen, vor allem die Pferde. Die Luft ist feucht und warm und drückt auf die Felder. Und dann beginnt es zu regnen. Wir rennen zum Haus und ich lache an der Hand der Mutter, weil mir die großen, warmen Tropfen gegen die Stirn klatschen. Als ich zurückblicke, steht der Vater immer noch im Feld. In seinen Fäusten hält er die Zügel. Sein Gesicht ist nach oben gewandt, der Regen läuft über seine Wangen.

Später am Tisch ist er wütend. Er verflucht den Regen. Und er verflucht unser Land. Er sagt, es taugt nichts. Der Boden schluckt das Wasser und spuckt es wieder aus, wann es ihm gefällt. Er hat keine Festigkeit, er ist bloß ein Schwamm aus Sand, durchsetzt mit Sumpflöchern, in dem nur Fliegeneier gedeihen. Er schlägt mit der Faust auf den Tisch. Dann schweigt er, und wir alle schweigen, und draußen im Dunkeln über den Feldern rauscht der Regen.

Wir waren vier Familien. Wir haben das Land gemacht. Wir haben es befestigt und entwässert, wir haben die Kanäle gebaut und später die Rohre verlegt. Die Stadt ist auf unserem Land gebaut. Unser Name ist älter als jedes Haus. Er ist älter als jeder Pflasterstein. Jedes Frühjahr, wenn das Wasser aus dem Boden steigt und die Keller flutet, drückt es auch ein paar alte Knochen aus der Erde. Die Mutter meinte, unter der Stadt lägen mehr Knochen als Steine.

In manchen Sommern ist nichts zu merken vom Wasser. Es scheint für immer abgesickert zu sein, der Wind treibt den Staub über die Felder, und unsere Gesichter und die Rücken der Tiere und das Blech der Maschinen sind von Staub bedeckt. Hin und wieder sehen sich die Kleinen an und lachen. Sie schmieren sich mit den Fingern Striche in die Staubgesichter und lachen so sehr, dass sie sich die Bäuche halten müssen.

Und dann ist das Wasser wieder da. Ein paar Regenstunden genügen, um den Schwamm unter unseren Füßen auszuquetschen. Die Wolken verziehen sich, doch der Schlamm bleibt. Dann watet man im Dreck, die Stiefel schwer von der Erde, das schwarze

Fliegengeschwirr im Nacken. Und auch an den Kartoffeln klebt Erde. Zweimal so schwer wie sonst sind sie und nicht einmal halb so viel wert.

Das Land taugt nichts, aber es ist alles, was wir haben.

Die Eltern wurden alt, dann starben sie und einer nach dem anderen ging fort. Als der letzte Bruder ging, sagte er zu mir: »Was willst du noch hier? Komm mit, bevor dich die Fliegen auffressen!«

Ich dachte: Sollen sie doch gehen. Hab ich mehr vom Land. Es wird sich rechnen. Irgendwann rechnet sich alles. Ich habe sie ausbezahlt und ihnen zum Abschied alles Gute gewünscht. Ich war jetzt der Bauer. Und ich konnte stur sein. Ich ging so lange zur Bank, bis ich bekam, was ich wollte. Ich kaufte Maschinen. Ich stellte Saisonarbeiter ein. Ich schüttete die alten Kanäle zu und verlegte Drainagen. Dann erweiterte ich das Haus, baute zwei Garagen, den großen Silo und eine Blechhalle für fünfhundert Truthahnküken. Ich kaufte einen dunkelblauen Anzug und ging zum Tanztee in den Schwarzen Bock, wo ich eine Frau fand. Sie konnte nicht arbeiten, aber wir hatten zusammen fünf Kinder, von denen uns drei blieben. Sie gingen irgendwann fort. Wenn alles gutgegangen ist, leben sie noch.

»Vielleicht wird noch was aus alldem hier«, sagte ich zu meiner Frau.

»Ja«, sagte sie. »Sicher wird es das.«

Aber sie glaubte nicht daran. Und sie hatte ja recht. Eine Zeit lang halfen die Drainagen, doch dann stand wieder alles unter Wasser, und wir wateten durch einen knöcheltiefen See, in dem die Kartoffeln ersoffen. Dann wiederum gab es Wochen, da lag alles trocken, die Erde sprang auf und überall öffneten sich scharfkantige Risse, und es gab kein Wasser, um die Felder zu retten, nicht einen Tropfen. Es gab die Zeit der Fliegen und die Zeit des Staubs.

Manchmal öffnete sich mitten im Feld ein Loch. Es füllte sich in einer einzigen Nacht mit Wasser, das tags darauf wieder verschwunden war.

Die Truthahnküken waren ein Reinfall. Sie kriegten die Seuche, und als wir sie zum Impfen von einer Hallenhälfte in die andere scheuchten, stürzte eine Trennwand um und wir verloren den Überblick. Also impften wir alle noch einmal. Ich glaube, sie gingen nicht an der Seuche ein, sondern am Impfstoff. Es waren keine guten Zeiten.

Und dann ging meine Frau. Es war einfach, wie es war. Meine Frau ging und ich tat, als mache es mir nichts aus, und vielleicht war es ja auch so. Ich war jetzt alleine mit meinem Land und meinen Händen und einer riesigen, leeren Blechhalle, die der Wind nachts zum Singen brachte.

Es war mir recht. Ich saß vor meiner Haustür und

sah dem Wind zu und hatte das Gefühl, dass sich alles in mir vereinte. Ich war mein Vater, ich war mein Großvater, ich war dessen Vater und dessen Vater und dessen Vater. Ich war der Letzte und der Erste in dieser langen Reihe, und in der Erde unter meinen Füßen lösten sich die Wurzeln und es war mir recht.

Ich war müde.

Ich wusste, dass es vorbei war. Niemand hat die Kraft, einen neunzig Hektar großen Schwamm aus Lehm und Geröll zum Blühen zu bringen. Es ging jetzt nur noch darum, Fenster und Türen dicht zu halten, um die Fliegen nicht ins Haus zu lassen.

Sie kamen an einem heißen Sommervormittag. Der Bürgermeister und zwei Herren in Anzügen. Ich weiß nicht, wer die beiden waren oder wie sie hießen. Es waren einfach nur Herren in grauen Anzügen, schwitzend wie die Pferde in der Sonne. Schon von weitem hatte ich den großen, schwarzen Wagen auf dem Weg heranholpern gesehen, und als er hielt, hatte sich das Blau des Himmels in der Windschutzscheibe gespiegelt. Wir gingen hinein und setzten uns an den Tisch. Der Bürgermeister fragte: »Wie lange kennen wir uns jetzt schon?«

»Soweit ich weiß, kennen wir uns überhaupt nicht«, sagte ich.

»Es müssen dreißig Jahre sein. Mindestens. Das ist eine lange Zeit, nicht wahr?«

Ich betrachtete das Muster in der Tischdecke. Es waren lauter kleine, ineinander verschachtelte Rechtecke. Auch die anderen schienen sich die Tischdecke genau anzusehen. Ich hatte ihnen nichts zu trinken angeboten, nicht weil ich unhöflich war, ich hatte nur keine sauberen Gläser. Der Bürgermeister räusperte sich und beugte seinen Oberkörper näher an mich heran. An seiner Stirn klebten die Haare, als wäre er im Regen gelaufen.

»Lass uns reden wie Männer, Jonas«, sagte er. »Wir sind nicht zu dir hier herausgekommen, um das schöne Wetter zu genießen, denn das Wetter ist gar nicht schön, hab ich recht?«

»Das kommt darauf an«, sagte ich. »Ganz, wie man es sehen will.«

»Wir sind auch nicht gekommen, um dir einen Vormittag lang Gesellschaft zu leisten. Als Bürgermeister sollte man so etwas vielleicht hin und wieder tun, aber es fehlt einfach die Zeit, verstehst du. Die Zeit gleitet einem weg wie nichts, und ehe man es sich versieht, ist der Tag rum. Wie viel Zeit hast du noch, Jonas?«

»Sagen Sie einfach, was Sie wollen, Bürgermeister.«

Er lehnte sich wieder zurück, wischte sich mit der Hand den Schweiß von der Stirn und sagte: »Ich möchte dein Land kaufen.«

»Das würde ich an Ihrer Stelle lieber lassen«, sagte ich. »Das Land taugt nichts.«

»Für uns ist es gut«, sagte der Bürgermeister. »Es hat die richtige Größe, es liegt nah genug an der Stadt, und die Straße führt mitten hindurch.«

»Welche Straße? Es gibt keine Straße.«

»Es wird eine Straße geben.«

Ich kannte den Bürgermeister tatsächlich nicht. Ich hatte von ihm gehört, meine Frau hatte von ihm erzählt. Sie meinte, er wäre genau wie sein Vater: eitel, bestechlich, gierig und hinter den Weibern her. Wahrscheinlich hatte sie recht, doch mir war es gleich. So wie er da an meinem Küchentisch saß und schwitzte, mochte ich ihn irgendwie. Ich dachte daran, dass in einem der Schränke vielleicht doch noch ein paar saubere Gläser stehen müssten, und bot ihnen etwas zu trinken an.

»Wir wollen dir keine Mühe machen, sagte der Bürgermeister. Wir wollen dein Land kaufen, das ist alles.«

Ich stand auf, holte die Gläser und einen Krug Wasser und sie tranken ihn aus. Ich sagte: »Zehntausend.«

Da saßen sie, in ihren Anzügen und mit roten, von den Krawatten aufgescheuerten Truthahnhälsen und starrten mich an.

»Für das ganze Land?«, fragte der Bürgermeister.

»Ja«, sagte ich. »Es taugt nichts. Es besteht aus lauter Sumpflöchern.«

»Ja, das ist wohl so«, sagte der Bürgermeister.

»Und dann wiederum ist alles trocken und hart, wie ein vom Wind geschliffener Ziegelstein.«

»Wirklich schlimm«, sagte der Bürgermeister.

»Also«, sagte ich. »Zehntausend für das Land.«

»Hand drauf«, sagte der Bürgermeister.

»Und fünfhunderttausend für die Truthahnhalle.«

»Was?«

»Fünfhunderttausend für die Halle.«

»Du denkst, du bist schlau, was?«

»Nein, ich denke, dass ich ziemlich dumm bin. Ich habe nur gelernt, wie man Kartoffeln aus der Erde zieht, nichts weiter. Aber die Sache ist doch die: Aus irgendwelchen Gründen wollt ihr mein Land. Ich kenne diese Gründe nicht, aber sie sind offenbar gut genug, dass ihr bei dieser Hitze mit euren Lackschuhen und euren Krawatten hierherkommt. Das Land taugt nichts, aber es gehört mir.«

»Ist noch Wasser da?«, fragte der Bürgermeister. Ich holte noch einen Krug, und sie tranken ihn aus.

»Das Wasser schmeckt irgendwie komisch«, sagte der Bürgermeister. Ich sagte nichts mehr. Er versuchte es noch auf diese oder jene Weise. Er redete auf mich ein, wurde wütend, probierte es mit Drohungen, dann mit Freundlichkeit. Aber ich sagte nichts mehr. Er gab auf. Wir schüttelten uns die Hand und alles kam, wie es eben kam.

Als ich in die Stadt ging, drehte ich mich nicht mehr um. Mit dem Geld kaufte ich mir das Wohnrecht auf Lebenszeit in der Residenz Abendrot. Es rechnete sich, denn ich lebte noch über fünfzehn Jahre. Mein Zimmer war klein und hatte gelbe Tapeten, mit einem kaum sichtbaren Muster. Die Tapeten waren aus einer Art steifem Papier, sie fühlten sich gut an, wenn ich mit den Fingern darüberstrich. Ich ging nicht gerne raus, die Stadt war mir zu laut und das Pflaster zu glatt. Ich blieb im Zimmer und saß einfach nur da. Ich mochte, dass das Zimmer klein war. Ich hatte mein ganzes Leben in die Weite geschaut. Ich dachte kaum noch an früher. Ich dachte kaum noch an draußen. Als ich von dem Unglück hörte, musste ich lachen. Die drei Verschütteten taten mir leid, aber ich hatte ihnen doch die Wahrheit über das Land gesagt. Es taugt nichts.

Die Tage waren gut, aber die Nächte machten mir zu schaffen, im Dunkeln fand ich keinen Schlaf. Einmal bekam ich Angst. Ein Geräusch hatte mich geweckt und ich hatte das Gefühl, ich wäre nicht mehr allein im Zimmer. Ich war mir sicher, in der Dunkelheit jemanden atmen zu hören. Ich kroch aus dem Bett und setzte mich auf den Stuhl am Fenster, doch ich öffnete die Vorhänge nicht. Es war wieder still. Ich

legte meine Arme und meinen Kopf auf das Fensterbrett. Eine Weile saß ich so da und lauschte, dann begann etwas in mir zu bröckeln. Ich rutschte vom Stuhl
und brach auseinander wie ein Klumpen trockener
Erde.

»Man würfelt die Kartoffeln nämlich, hackt die Zwiebeln und bräunt sie mit Butter und ein paar Fingerspitzen griffigem Mehl in der heißen Pfanne an«, sagte Henriette. »Aber nimm festkochende Kartoffeln. Und gewürfelt müssen sie werden«, fügte sie mit fester Stimme hinzu.

»Moment mal«, fragte ich. »Warum denn unbedingt gewürfelt?«

»Es sieht besser aus«, sagte sie.

»Das ist alles?«

»Das ist alles.«

Henriette war eine miesepetrige und besserwisserische kleine Greisin, deren Neigung zu Wutausbrüchen und Schlechte-Laune-Anfällen sich nur aufgrund ihrer Gebrechlichkeit nicht voll entfalten konnte. Sie selbst sah das anders. Sie bezeichnete sich als Teilzeit-Enthusiastin. Und tatsächlich vermochte sie je nach Befindlichkeit in allem auch etwas Gutes und Schönes zu erkennen. Selbst in der ausgeblichenen, ehemals vermutlich lindgrünen Tapete an der Wand des Wartezimmers unseres Stationsarztes, in dem wir so viele Stunden nebeneinandersitzend verbrachten, vermutete sie noch eine verborgene Schönheit. »Sehen Sie die Weinranken dort oben?«, fragte sie mich, als wir uns zum ersten Mal dort trafen. »Es sind doch Ranken? Oder sagt man Reben?«

»Es sind weder Ranken noch Reben«, antwortete ich. »Es sind einfach nur Risse in der Decke. Hier sollte bald mal renoviert werden.«

»Ah, jetzt weiß ich es wieder! Sehen Sie das wiederkehrende Auf und Ab, diese wellige Bewegung?«, rief sie begeistert. »Es sind natürlich Ranken. Da kann es gar keinen Zweifel geben. Wie heißen Sie?«

»Tessler«, sagte ich. »Susan Tessler.«

»Ich heiße Henriette. Nur Henriette. Den Nachnamen habe ich abgegeben. Man gibt alles ab mit der Zeit. Wollen wir uns die Hand geben?«

Wir kamen etwa zur gleichen Zeit ins Sanatorium. Ich glaube, ich war zuerst da. Es war Frühling, und in dem kleinen Park vor meinem Fenster blühten Goldregen und Flieder. Mein Zimmer war hell und geräumig (und ist es bestimmt immer noch), mit Gartenblick und einem französischen Balkon, den ich allerdings nur benutzte, um nachts die an den Schwestern vorbeigeschmuggelte Schokolade zu kühlen. Das Sanatorium erlaubte seinen Bewohnern, eigene Möbel und Einrichtungsgegenstände mitzunehmen, doch ich brauchte nichts von zuhause. Die Standardmöblierung reichte mir vollkommen aus: Kleiderschrank, Bücherregal, Nachtkästchen, Tisch, zwei Stühle, ein Bett. Das Bett war ein Gerät aus Metall. Eine Apparatur, die sich mit Fußhebeln beliebig heben oder senken und nach allen Richtungen neigen ließ. Die Streben am Fußende knirschten bei jeder Bewegung, aber die Matratze war weich. Ich hatte eine Stehlampe, einen Bettvorleger und zwei Vasen aus weißem Porzellan. Ich achtete darauf, dass auf dem Tisch stets zwei Äpfel oder ein paar Nüsse lagen. Ich aß sie nie, aber ich betrachtete sie gerne, und manchmal warf ich sie aus dem Fenster und sah, wie sie über den Rasen kollerten und im Schatten der Bäume liegen blieben, bis sie von einem der Gärtner entfernt wurden.

Ich vermisste nichts. Ehrlich gesagt war ich froh, meine alten Sachen in der Paulstädter Wohnung gelassen zu haben, wo sie vermutlich noch eine ganze Weile in staubigem Schweigen verharrten. Gegenstände hatten längst ihre Bedeutung verloren. Henriette nannte sie »das Gerümpel unseres Lebens«.

Vor unserem ersten Gespräch im Wartezimmer hatte ich sie schon öfter gesehen. Sie war ungewöhnlich klein und schmal, stets elegant gekleidet und trug ihr langes, weißes Haar hinten zu einem Knoten gebunden, den sie selbst als Schneeball bezeichnete. Alles an ihr war irgendwie verzogen und schief: der

Rücken, die Beine, die Nase, die Hände. Ihr Gesicht war übersät von Fältchen, und über ihrem Dekolleté, direkt über dem zartknochigen Brustbein, trug sie eine mindestens fünfzehn Zentimeter lange Narbe in Form eines Hufeisens.

Im Gesellschaftssaal saß sie immer in der gleichen Ecke. Sie trank dunkelroten Tee und hatte stets ein offenes Buch im Schoß, obwohl jeder wusste, dass ihre Augen längst schon trübe geworden waren und sie kaum noch Gesichter auseinanderhalten konnte. Ich erinnere mich an eine kleine Boshaftigkeit, die mich bei einer unserer ersten Begegnungen überkam: Natürlich hatte ich von Henriettes Sehschwäche gehört (was den Gesundheitszustand und die Anfälligkeiten der Bewohner angeht, gibt es keine Geheimnisse im Sanatorium), und trotzdem (oder gerade deshalb) fragte ich sie nach dem Inhalt des Buches in ihrem Schoß. Zu meiner großen Verwunderung erzählte sie mir die Geschichte von Anfang bis zum Ende. Es ging um einen von Ehrgeiz zerfressenen Forscher und seine Abenteuer im heißen Wüstensand. Sie war emphatisch und doch genau bis in die Einzelheiten und erzählte die Geschichte bis zu ihrem dramatischen Schluss. Danach war der Tee kalt geworden. Ich hätte sie dafür ohrfeigen können.

»Auch Tumor?«, fragte sie mich einmal.

»Leber«, antwortete ich. »Und jetzt auch noch Nieren.«

»Bei mir sitzt es im Kopf«, sagte sie. »Alles Ungesunde beginnt im Kopf. Woher kommst du?«

»Aus Paulstadt«, sagte ich.

»Wie bitte?«

»Aus Paulstadt«, wiederholte ich.

»Ach du meine Güte«, sagte sie und hob eine ihrer fein gezupften Augenbrauen. »Tatsächlich?«

Mich ärgerte ihre Arroganz, denn ich mochte Paulstadt. Es war der Ort meiner Kindheit und Jugend, und das sagte ich ihr auch. Sie schlug mit einer sanften Wischbewegung ihr Buch zu und blickte mich aus ihren kleinen, halbblinden Augen an. »Ich weiß, dass ich manchmal ein Idiot sein kann«, sagte sie. »Dumm und eingebildet. Aber ich werde den Teufel tun und mich entschuldigen, das verstehst du doch, meine Liebe?«

Die dünne, kleine Henriette, fast durchsichtig zum Ende hin. Die Schienbeine wie schmale Holzleisten unterm Kleid. Die wurzeligen Hände auf dem Buchrücken. Das dunkle, fleckige Gesicht, fast kleiner als der Schneeball dahinter. Die flattrigen, stets geröteten Augenlider. Ihr Blick, der sich mit jedem Tag tiefer in die Augen zurückzuziehen schien.

»Paulstadt, Paulstadt«, sagte sie ein anderes Mal, scheinbar in tiefes Nachdenken versunken. »Ist das nicht der Ort, wo damals diese schlimme Geschichte passiert ist?«

»Ja«, antwortete ich. »Schrecklich.«

»Man wollte eine Straßenbahn bauen, aber die Leute waren dagegen, nicht wahr?«

»Wie bitte?«

»Diese Dummköpfe waren einfach dagegen!«

»Ja. Kann sein. Ich weiß es nicht mehr.«

Wir schwiegen eine Weile. Plötzlich gab sie sich einen Ruck und richtete sich in ihrem Sessel auf.

»Stell dir doch nur mal vor«, sagte sie. »Eine Straßenbahn! Mit Gleisen und Gebimmel und allem Drum und Dran!«

»Ja«, sagte ich. »Wirklich schrecklich!«

Im Saal und auf den Gängen steckte man die Köpfe zusammen. Es ging das Gerücht um, Henriette sei Jüdin. Eine Schwester hatte sie im Schlaf reden hören. Es sei allerdings eher ein Gebrabbel gewesen, völlig unverständlich, noch dazu durchmischt vom Knirschen der wenigen Restzähne, doch sie sei sich sicher, ein paar Worte Hebräisch herausgehört zu haben. Ich beteiligte mich nicht an dem Getratsche. Ich hätte Henriette natürlich fragen können. Aber ich habe mich nicht getraut. Und was hätte es für einen Unterschied gemacht?

Heute weiß ich, dass sie die Geschichte vom ehrgeizigen Wüstenforscher im Augenblick des Erzählens erfunden hatte. Sie hatte diese Gabe. Nie konnte man bei ihr sagen, was wahr ist und was nicht. Aber sie erzählte so gut, dass man einfach zuhören wollte, so oder so. Es gab unter den Bewohnerinnen eine Art Konkurrenz, wer am Nachmittag bei ihr sitzen durfte. Meist war ich die Schnellste. Der Trick war, schon dazusitzen, bevor sie selbst den Gesellschaftssaal betrat. Wir saßen dann nebeneinander, sie erzählte ihre Geschichten und ich hörte zu. Manchmal schliefen wir beide dabei ein. In meinen Träumen nisteten sich ihre Schnarchgeräusche ein: als das Blubbern der Bootsmotoren im fremden Hafen, als das Heben und Senken des aufbrechenden Waldbodens, als das Schnarchen meines Vaters, leise und rau, irgendwo im Dunkeln einer längst verlassenen Wohnung.

»Ich werde das Unbegreifliche dort draußen niemals mit Gott anreden. Und sollte ich es dennoch einmal tun, so liegt das an den Medikamenten, hast du verstanden?«

Wir sprachen nicht viel über unsere Vergangenheit. Das Nötigste war schnell abgehakt: Wohnorte, Arbeitsverhältnisse, Männer (tot), Kinder (keine), Lebensmuster und Überzeugungen (wechselnd). Solche

Dinge eben. Ich glaube, wir empfanden unsere Vergangenheit als auserzählt. Sie bestand nur noch aus verblassten Bildern, aus Namen und Daten, die sich nicht mehr mit Leben füllen ließen.

Wir beschäftigten uns lieber mit der Gegenwart. Wir redeten über die anderen Bewohner, über die Schwestern, die Ärzte, über das Küchenpersonal oder über die Tauben auf den Dachrinnen und den Kieswegen im Garten. Manchmal erzählten wir uns Träume. Doch am liebsten redeten wir über Essen. Henriette liebte das Deftige, ich war eher für die feine Mehlspeisenküche, wie ich sie aus den alten Kochbüchern kannte. Sie wollte von diesen Mehlspeisenbüchern hören. Ich musste ihr die Bilder bis ins Detail beschreiben und die Rezepte möglichst vollständig aufsagen, was natürlich unmöglich war. Also begann ich ebenfalls zu erfinden. Ich sagte: »Du brauchst zweihundertachtzig Gramm Butter, hundertvierzig Gramm Staubzucker, zwei oder drei Dotter, eine Kinderhand voll geriebener Mandeln, ein bisschen Zitronenschale, zweihundert Gramm Mehl und natürlich Marmelade (am besten Johannisbeere), du musst die Butter mit dem Staubzucker und den Dottern kräftig rühren, *aber kräftig heißt kräftig, sonst wird es nichts, verstehst du,* du rührst also mindestens zwanzig Minuten kräftig, streust dann die geriebenen Mandeln und die geriebene Zitronenschale ein und rührst wieder weiter, jetzt kommt nämlich das Mehl, noch einmal ein paar Minuten *kräftig* unterrühren, dann gibst du ein Viertel des Teiges in die Form (du musst das Backpapier nicht einfetten, die Butter im Teig ist fett genug), streichst die Marmelade darauf und verteilst dann den restlichen Teig mit einem Spritzsack über die Torte, und zwar in Gitterform, aber natürlich kannst du dir auch irgendein anderes Muster überlegen, es macht ja für den Geschmack keinen Unterschied, dann verzierst du mit dem restlichen Teig noch den Rand und schiebst alles in den Ofen, vierzig bis fünfundvierzig Minuten bei einhundertachtzig Grad backen, schließlich die Torte vorsichtig aus der Form lösen und mit Staubzucker überstreuen.«

»Noch mehr Zucker?«, fragte sie mit geschlossenen Augen.

»Ja«, sagte ich. »Aber Staubzucker muss es sein. Und nimm ein Sieb. Du brauchst unbedingt ein Küchensieb.«

»Ah«, sagte sie. »Ein feines Küchensieb?«

»Das feinste Sieb, das du kriegen kannst!«

So ist der Sommer vergangen. Wir haben schöne Stunden miteinander erlebt. Und doch erinnere ich mich vor allem an ein Gefühl der Traurigkeit. Genau genommen erinnere ich mich an mein ganzes Leben nur wie durch einen Schleier der Traurigkeit. Die

Traurigkeit ist das Einzige, was geblieben ist. Aber vielleicht ist das nicht das Schlechteste. Lange Zeit versuchte ich mir zu sagen, man stirbt nicht, man verlässt nur diese Welt. Der Tod ist nur ein Wort. Doch das stimmt nicht.

Anfang Oktober wurde sie zu schwach, um sich auf den Weg zum Saal zu machen, und ich verbrachte die Nachmittage bei ihr im Zimmer. Der Raum war noch leerer als meiner. Es gab nicht einmal einen Tisch und nur einen Stuhl. In einer Ecke stand ein Koffer. Henriette meinte, er enthielte Briefe und einige Bücher, das einzig akzeptable Gepäck für jede Reise. Sie lag mit von einem Stützkissen halb aufgerichtetem Oberkörper im Bett, eine kleine, boshafte Königin. Es sah aus, als könne sie jederzeit in ihrem eigenen Bett verlorengehen. Doch sie lachte wieder und biss in ihre Baguettebrötchen, die sie mit zittrigen Fingern in die Milchtasse auf ihrem Nachttisch tunkte. Wir ließen uns die Zeitungen kommen und ich las ihr vor. Oft schimpfte sie über die Geschehnisse in der Welt. Dabei zeterte sie so wütend und laut, dass eine der Schwestern hereingepoltert kam, um uns zur Ruhe zu ermahnen.

»Was soll ich denn tun, zum Teufel, ich habe eben Temperament!«, rief Henriette, bebend vor Erregung.

Sie legte sich gerne mit den Schwestern an. Wenn sie Schmerzen oder einfach nur schlechte Laune hatte, rief sie ihnen schon beim Eintreten die unflätigsten Schimpfworte entgegen. Insgeheim jedoch mochte sie die jungen Frauen, die sich unter uns Gespenstern wie resolute Engel bewegten. An guten Tagen machte sie ihnen sogar Komplimente, bewunderte ihre Figur, ihre glatte Haut oder das ungetrübte Weiß ihrer Augen. Und auch die Schwestern mochten sie, nicht nur wegen des Trinkgeldes, das sie zu allen Gelegenheiten verteilte. Jeder von uns hatte Geld, mehr oder weniger (ich hatte meines mit dem Zuschneiden und Ausstanzen von Blechen gemacht, Henriette ihres mit, wie sie meinte, »drei Ehen und viel Geduld«), aber bei ihr war es etwas anderes. Sie hatte etwas an sich … Ich habe keine Erinnerung an meine Mutter, die starb, als ich ein junges Mädchen war, doch ich stelle mir vor, dass sie war wie Henriette.

»Pst, sei doch mal ruhig! Siehst du nicht die Wolken dort draußen? Von hier sieht es aus, als zögen sie bloß still und langsam dahin. Dabei rasen sie über den Himmel, und es tost und braust und kracht überall um sie herum. Die Bäume haben sie schon bemerkt. Sie verneigen sich vor ihnen.«

Der Herbst schritt voran und Henriette verlor ihre Kraft. Das Stützkissen wurde entfernt, und sie konnte das Bett nur noch in den Armen eines Pflegers verlassen. Meist lag sie auf der Seite, die Augen geschlossen oder den Blick auf das Fenster gerichtet, hinter dem der Novemberwind die letzten Blätter von den Bäumen fegte. Sie konnte kaum noch sehen, aber sie bildete sich ein, sie könne in stillen Nächten die Blätter fallen hören. Wir redeten und lachten immer noch gerne. Ich weiß nicht mehr, wann wir es zum letzten Mal taten.

Man verstaute ihre Kleider in der Abstellkammer neben dem Bad, sie trug nun immer ein seidenes Nachthemd, das im Mondlicht schimmerte, als wäre es aus blankem Eis.

Man schloss sie an ein leise piepsendes Gerät an, die Dosis ihrer Medikamente wurde erhöht. Sie schlief fast die ganze Zeit, manchmal stöhnte und röchelte sie im Schlaf. Ihre Stimme klang verzerrt und fremd, so wie die Stimme eines heiseren Kindes.

Ich kann nicht sagen, woher ich die Kraft nahm, so lange an ihrem Bett zu wachen. Ich glaube, ich hatte das Gefühl, die Zeit würde stillstehen, während ich bei ihr saß. Es gab keine Uhr im Zimmer und ich selbst besaß seit langem keine mehr. Erst jetzt fällt mir auf, dass ich während meines ganzen Aufenthalts im

Sanatorium keine einzige Uhr gesehen habe. Die Zeit schien belanglos geworden zu sein – und andererseits zu kostbar, um sie in bloße Minuten, Stunden, Tage zu fassen.

Manchmal hielt ich ihre Hand, die welke, runzelige Hand. Manchmal strich ich ihr mit den Fingern durchs Haar. Die Schwestern hatten den Knoten gelöst und ihre Haare lagen lang und wirr auf dem Kissen.

Einmal wachte sie auf und hob den Kopf. »Wer bist du?«, fragte sie mich mit klarer Stimme. Ich starrte sie an. Die Frage kam mir ungeheuerlich vor.

»Ich weiß es nicht«, sagte ich.

Sie ließ den Kopf sinken und schlief wieder ein. Vielleicht war sie auch gar nicht richtig wach gewesen. Ich ging in mein Zimmer, legte mich ins Bett und weinte die halbe Nacht.

Henriette starb dreiundneunzig Tage nach meiner Ankunft und sechsundzwanzig Tage vor mir. Sie war siebenundsechzig Tage lang meine Freundin. Sie war die beste Freundin, die ich in meinem Leben hatte.

In einer ihrer letzten Nächte saß ich bei ihr, während sie schlief. Am Abend zuvor hatten die Ärzte eine Erhöhung der Dosis beschlossen. Jeder müsse in seinem Leben einiges mitmachen, hatte der Oberarzt gesagt, aber nicht unbedingt mehr als nötig. Ihr Atem war kaum zu hören, doch er ging ruhig, und ich sah aus dem Fenster, wo die kahlen Bäume in den Nachthimmel ragten. Auf dem Fensterbrett stand ihre offene Handtasche, daneben lagen in regelmäßigen Abständen ihre Habseligkeiten ausgebreitet, so als ob jemand versucht hätte, Ordnung in die Sachen zu bringen. Ein Lippenstift, ein goldenes Puderdöschen, Briefpapier, eine Münzbörse, eine Nagelschere und eine schmale, etwas abgeschabte Ledermappe. Henriette röchelte leise, und plötzlich stieg Wut in mir auf. Ich ärgerte mich über diese kleine, verdorrte Frau, an deren Bett ich so viele Stunden verbracht hatte und die sich mir jetzt entzog und mir nur noch ein Röcheln gönnte.

Die Wut verebbte so schnell, wie sie gekommen war. Ihr Atem ging jetzt wieder ruhig und gleichmäßig. Die einzige Möglichkeit, im Alter nicht lächerlich zu werden, ist die eigene Lächerlichkeit anzuerkennen, hatte sie einmal gesagt. Ich stand auf und ging zum Fenster. Auf ihrer Ledermappe erkannte ich die Initialen: H. L. Ich schlug die Mappe auf. Sie enthielt einige Papiere, Krankenakten, Bescheinigungen und lose Zettel. Ganz unten lag ihr Reisepass. Die Seiten waren von bunten Stempeln übersät. Henriette schien ihr ganzes Leben auf Reisen verbracht zu haben. Das Foto zeigte sie als junge Frau. Sie war auch damals nicht schön gewesen, aber ihr Haar war schwarz und schulterlang und sie blickte mit erhobenem Kinn in die Kamera. Das Dekolleté mit der Narbe war von einem großen, dunklen Schal bedeckt. Darunter standen die Daten: vollständiger Name, Geburtsort, Nationalität, besondere Kennzeichen, das Übliche. Mein Blick blieb am Geburtsdatum hängen. Ich stockte, und im selben Moment stiegen mir Tränen in die Augen. Mir schwindelte und ich krampfte meine Hand um das Fensterbrett, um aufrecht stehen zu bleiben. Henriette war vier Jahre jünger als ich.

Ich sah zu ihr. Sie lag im vom Mondlicht beschienenen Bett, ihr Körper wie von Schnee bedeckt. Ich konnte keine Atembewegungen erkennen, alles an ihr war wie erstarrt, bis auf die Augen, die unter den Lidern huschten und jeder meiner Bewegungen blind zu folgen schienen, während ich ihre Dinge in der Tasche verstaute und das Fenster weit öffnete, um die Nachtluft hereinzulassen.

PETER LICHTLEIN

RUMMS! macht es und ich renne los. Wenn ich einmal renne, kannst du mich nicht aufhalten. Niemand kann das. Ich bin groß und stark und ich weiß Bescheid. Ich weiß genau, wo ich hinwill. Durch die Gänge, über die Treppen, über den Hof, durchs Tor, da renne ich noch, aber in den Straßen bin ich ein Wind. Der Staub macht mir nichts. Die Hunde machen mir nichts. Auch nicht die Autos und die Tauben und die Häuser, die vorm Himmel stehen und aussehen, als würden sie immer noch wachsen. Ich weiß, dass es Menschen gibt, aber ich sehe sie nicht, und die Menschen sehen mich nicht, und bald gibt es sie auch nicht mehr. Aber erst wenn die Häuser hinter mir aussehen wie kleingehauene Steinchen, werde ich langsamer. Und dann lasse ich mich ins Gras fallen und liege auf dem Rücken und das Herz der Erde schlägt unter mir.

Wenn ich ruhig geworden bin, stehe ich auf. Jetzt kann ich gehen und muss nicht immer wieder zurückschauen. Es ist nicht mehr weit. An den Zäunen vorbei, über das alte Kanalrohr, durch das ich früher noch kriechen konnte, und weiter durch die Büsche und durchs scharfe Schilf, und dann sehe ich schon die

Bäume und den Teich, und es ist komisch: Obwohl ich weiß, dass hier draußen immerzu alles wächst und bricht und blüht und stirbt, sieht alles ganz genauso aus wie beim letzten Mal.

Der Teich ist mein Freund. Nur weiß es niemand. Ich will ja nicht, dass es jemand weiß. Es ist ein Geheimnis. Ich bin ein Geheimnis. Es ist besser, wenn mich niemand kennt. Die Erde ringsherum ist weich und dunkel und nass. Aber ich habe einen Trick: Ich reiße ein paar Bündel Schilf aus und breite sie auf der Erde aus. Das ist mein Bett.

Meine Mutter hat mir verboten, zum Teich zu gehen. Aber ich hab's mir nicht verbieten lassen. Ich gehe immer wieder hin. Hier stört mich niemand und ich kann einfach dasitzen und schauen und denken oder nicht schauen und nicht denken, so wie ich es will. Meine Mutter versteht das nicht.

Meine Mutter ist schön. Sie hat ein großes Gesicht und große Hände. Einmal hat sie in der Badewanne einen Hasen aufgeschnitten. Sein Blut war schwarz und obwohl ich immer an seine Augen denken musste, hat sein Fleisch gut geschmeckt. Meine Mutter redet gern über das Essen. Ich rede dann auch davon, weil ich weiß, dass sie es mag. Wir sitzen am Tisch und reden über das Brot. Wir sagen, dass man das Angebrannte mit einem Messer von der Kruste kratzen kann und dass es innen schön weich ist. Wir reden auch über das Fleisch. Wir sagen, dass das Fleisch einmal zu einem Tier gehört hat und dass es nie ganz uns gehören wird. Wenn wir einmal nicht über das Essen reden, sagt meine Mutter auch andere Sachen.

Meine Mutter sagt:

Was hast du mit deinen Händen gemacht?

Schlaf jetzt.

Am Fensterbrett sitzen drei Engel. Der erste hat den Schlaf in seiner Tasche. Der zweite das Glück. Und der dritte passt auf die beiden anderen auf.

Stell dich dorthin.

Hör auf.

Sei mir nicht böse.

Der liebe Gott ist gar nicht so lieb, und der Teufel bläst die Sterne aus.

Die Schule. Die Kartoffel. Der Mann.

Solche Sachen eben.

Das Wasser ist schwarz wie Hasenblut. Und das ist das Schönste daran. Es ist schwarz und still und tief. Ich weiß, wie tief es ist. Es ist so tief, dass es die Sonne schlucken kann. Es gibt auch Kröten. Meine Mutter sagt, Kröten bringen Glück, aber ich glaube, sie weiß das gar nicht. Man kann die Kröten bestimmt essen, wenn man Hunger hat, aber ich habe mich nie getraut, eine zu essen. Ich hab nur manchmal eine gefangen und ins Wasser geworfen. Sie haben gelbe Augen. Die Leute glauben, dass sich nachts die Sterne im Wasser spiegeln. Aber ich weiß, dass die gelben Lichter im Teich nur Krötenaugen sind.

Ich bin eine Kröte. Ich habe gelbe Augen, eine klebrige Zunge und einen dunklen Rücken voller Warzen. Nur auf meinen Bauch muss ich aufpassen, der ist hell und weich und man kann ihn mit einem Stöckchen stechen, sodass er aufplatzt und das Leben aus ihm herausquillt. Die Fliegen mögen das Leben.

Der Winter ist keine Zeit für Kröten. Es ist kalt, und die Bäume sind wie die Stangen vom Schultor, schmal und kahl und schwarz. Im Sommer ist es besser. Da atme ich das Sonnenlicht ein und überall brummt und summt es, und die Fliegen und die Bienen und die Würmer sind mein Futter und ich muss mir keine Höhle mehr buddeln, wo ich kalt und starr sitze und aufs Tauwetter warte.

Ich mag das Tor nicht. Ich mag den Hof nicht. Ich mag die Bänke nicht. Die Glocke. Die hellen und die dunklen Stimmen. Das Schreien. Das Flüstern. Ich mag nichts davon, aber am wenigsten mag ich die Lehrer. Sie haben graue Gesichter und graue Hände, mit denen sie auf Dinge zeigen, die mich nichts angehen. Die Lehrer können mir sagen, was sie wollen, wenn ich keine Lust habe, mache ich es nicht. Oder ich höre es erst gar nicht. Ich verstopfe meine Ohren mit Gedanken, die mich nicht stören.

Einmal hat mich einer geschlagen, mit der flachen

Hand ins Gesicht: Klatsch! Das hätte er nicht tun sollen. Warum hat er die Hand nicht gleich wieder fortgenommen? Vielleicht wollte er den Schmerz wegstreicheln, dabei hat es gar nicht wehgetan. Jedenfalls hat er die Hand an meiner Wange liegen gelassen und mich angesehen mit so einem Blick. Da habe ich ihn gebissen. Und nicht mehr losgelassen. Ich wollte ja, aber ich konnte nicht. Zwischen meinen Zähnen hat es geknirscht, und sein Blut hat süß geschmeckt, aber irgendwie auch salzig. Ich weiß, dass er geschrien hat, aber ich habe es nicht gehört. Ich glaube, jemand hat mir gegen den Kiefer gedrückt, mit einem Werkzeug oder ich weiß nicht mit was, dann haben sie mich weggezerrt. Erst viel später, als alles vorbei war und ich wieder alleine am Teich gelegen bin, hat es mir leidgetan. Aber warum hat er mich geschlagen? Er hätte es nicht tun sollen. Oder wenigstens seine Hand schneller zurückziehen.

Die anderen sind die anderen und ich bin ich. Die anderen sagen viel. Aber sie verstehen wenig. Ich glaube nicht, dass ich mehr verstehe, aber ich rede nicht so viel. Am liebsten rede ich, wenn ich alleine bin.

Zuhause ist es besser. Da kann ich in meiner Ecke sitzen und mir Dinge vorstellen. Ich stelle mir Dinge vor, aber ich kann sie mir nicht merken. Es ist komisch: Die Dinge sind in meinem Kopf und gleichzeitig bin ich in ihnen. Sie sind ganz deutlich da. Aber wenn meine Mutter ruft, sind sie weg. Ich weiß, dass sie schön gewesen sein müssen, weil ich danach ein angenehmes Gefühl habe.

Meine Mutter geht arbeiten. Sie geht in eine Halle und räumt Bleche in Regale, die so hoch sind, dass sie bis unters Dach reichen. Sie hat eine hohe Leiter. Ich wollte auch immer auf so eine hohe Leiter klettern, aber meine Mutter hat es nicht erlaubt. Sie erlaubt mir vieles nicht, weil sie immer Angst um mich hat. Einmal hat sie mich in die Besenkammer gesperrt, nur wegen der Angst. Es hat mir nichts ausgemacht. Ich kenne mich aus im Dunkeln. Das Dunkle ist warm und leuchtet an den Rändern. Ich habe mich flach auf den Boden gelegt und mir so lange Dinge vorgestellt, bis die Tür wieder aufgegangen ist. Meine Mutter ist im Türrahmen gestanden und hat geheult. Sie hat noch schöner ausgesehen als sonst. Sie hat ausgesehen wie ein Heiliger im Kirchenfenster. Aber sie hat geheult, und das war schlimm. Was ist denn, Mama, hab ich gefragt, was ist denn? Aber sie hat nichts gesagt, nur noch immer weiter geheult. Sie hat mich in den Arm genommen und sich mit mir auf den Küchenboden gesetzt. Wir sind lange so gesessen, die Fliesen waren kühl und ich habe gesehen, wie unter dem Schrank ein Spinnwebfetzen zittert.

Alles ist gut ausgegangen.

Ich möchte eine Kröte im Winter sehen. Die Kröten im Winter leben und leben doch nicht. Ich stelle mir vor, wie alles an ihnen erstarrt: die Beine, der Bauch, der Kopf. Die Augen sind kalte, gelbe Steine. Ich stelle mir vor, dass das Blut in den Krötenadern gefriert und dass es dann bei jeder Bewegung knackt und knirscht. Im Sommer ist es anders, da pulsieren die Kröten und ihre Körper sind fest und gleichzeitig weich. Ich nehme sie immer am Bein. Da hängen sie dann und drehen und winden sich. Ich tu dir schon nichts, sage ich, kannst ruhig weitermachen. Die Kröten sagen nichts. Ich schau sie an und dann werfe ich sie in hohem Bogen in den Teich, und es macht platsch und weg sind sie.

Ich renne gegen den Wind. Die Felder sind gelb und am Wegrand tanzen die Schmetterlinge. Ich renne und meine Lunge brennt und ich denke an meine Mutter. Sie weiß es noch nicht, weil ich es selbst noch nicht weiß. Sie ist meine Mutter. Ich bin eine Kröte. Der Wind tut gut. Ich spüre mein Gesicht nicht, ich renne und renne. Die Bäume greifen in den Himmel und ich rieche schon den Teich. Das Wasser ist schwarz und ruhig. Ich lege mich in mein Bett aus Schilf und warte. Ich warte, bis die Sonne verschwindet und das Summen und Zirpen um mich herum aufhört. Die Nacht kommt, aber ich habe keine Angst. Ich stelle mir Dinge vor, die ich mir nicht merken kann. Und dann stehe ich auf und ziehe meine Sachen aus. Ich lege sie ordentlich nebeneinander. Ich möchte nicht, dass meine Mutter sich ärgern muss. In einem Baum hängt der Mond. Ich gehe ins Wasser und sehe meine weißen Füße unter der Oberfläche schimmern. Ich gehe immer weiter. Das Wasser ist ganz weich und der Matsch fühlt sich komisch an zwischen meinen Zehen. Ich bleibe stehen und horche. Dann lasse ich mich einfach nach vorne fallen. Die Kälte spüre ich nicht. Ich weiß, wenn ich tief genug tauche, werde ich am Grund die Sonne finden.

ANNELIE LORBEER

Die Älteste zu sein ist keine Leistung und kein Gewinn. Es stirbt sich mit hundertfünf genauso wie mit
fünfundachtzig oder mit zweiunddreißig, und der
Preis für so ein langes Leben ist Einsamkeit. Der Tod
bleibt sich für alle gleich. Nur die, die am Grab stehen,
wissen das noch nicht. Ich bin oft an einem Grab gestanden und es war nie schön. Höchstens im Frühling, wenn man den Toten nicht allzu gut kennt und
die Bäume blühen und die Vögel zwitschern. Manchmal habe ich mir vorgestellt, die Vögel in den Bäumen
seien die Seelen der Toten. Ein schöner Gedanke, aber
natürlich Blödsinn.

Zum Hundertsten hat mir der Bürgermeister eine
Urkunde und einen Strauß Blumen geschenkt. Was
auf der Urkunde gestanden hat, weiß ich nicht. Bei
der Zeremonie im Garten war ich die Einzige, die sitzen durfte. Das Sitzen hat mich sozusagen erhöht. An
Musik kann ich mich nicht erinnern. Früher gab es
immer eine Kapelle. Urkunden ohne Kapellen hat es
praktisch nie gegeben. Aber die Musik hat irgendwann ihren Stellenwert verloren. Da, wo ich herkom-
me, haben die Leute nicht gesprochen, sondern ge-
sungen. Das war schön. Wobei, eigentlich ist es mir

auch auf die Nerven gegangen, immer dieser Singsang beim Reden. Als ob die Leute die Wirklichkeit wegsingen wollten.

Schön war es trotzdem.

Zum Hundertfünften ist niemand mehr gekommen. Nicht einmal ich selbst war so richtig dabei. Da hab ich alles nur noch geträumt. Das Träumen hat gegen die Gewichtigkeit der Seele geholfen und gegen die Schmerzen.

Geburtstage waren mir da schon längst unwichtig. Nur das Sterben hätte ich gerne mitbekommen. Ich war ja immer so neugierig.

Jetzt weiß ich, wie es ist. Aber ich erzähle nichts. Es ist verboten, vom Tod zu erzählen. Im Tod liegt die Wahrheit, doch man darf sie nicht sagen. Lügen ist natürlich erlaubt, aber das will ich nicht. Jedenfalls hat mich niemand geholt. Ich bin einfach aus dem Leben gefallen. Genauso wie man ins Leben hineinfällt, so fällt man auch wieder heraus. Es gibt eine Lücke und die muss man finden. Oder man tappt so lange im Dunkeln herum, bis man hineinfällt. So oder so, es klappt immer.

Erst war ich ein Kind. Dann eine Dame. Dann wieder ein Kind. An das dazwischen kann ich mich nicht erinnern. Jedenfalls war ich eine schöne Dame. Gewissermaßen elegant. Die Männer haben sich mit ihren Blicken an meinen Hintern gehängt und sind mir nachgerannt. Manche Frauen auch. Ich habe immer mehr auf die Frauen geschaut. Die waren interessanter, obwohl die Männer besser gerochen haben. Wie Tiere, aber ich könnte jetzt nicht sagen, welche.

Wir hatten einen Kanarienvogel. An seinen Namen kann ich mich nicht erinnern. Ich glaube, er hat geheißen wie ein Minister. Eines Morgens war der Käfig offen und er war weg. Vielleicht hat er die Bäume gesucht. Ein paar Tage später ist er klein und steif und immer noch grün hinterm Vorhang gelegen. Ich hab zur Mama gesagt: Schau einmal, er hat Krallen wie ein Tier! Offenbar hab ich bis dahin nicht gewusst, dass er ein Tier ist.

Zwischen dem Kind und der Dame war Krieg. In der Kommode in meinem Zimmer habe ich einen Splitter aufbewahrt. Den haben sie aus Papas Bein gezogen, bevor sie es ihm dann abgenommen haben. Ich habe ihm den Splitter abgebettelt und in einem Kästchen aufbewahrt. Jetzt hast du den letzten Rest vom Krieg in ein Kastl gesperrt, hat Papa gesagt.

An sein Gesicht kann ich mich nicht erinnern. An der Stelle, wo Papas Gesicht war, ist jetzt nur noch eine Leere. Oder ein Schatten. Oder eine Helligkeit. Es gibt keine Gesichter mehr.

Einen Bart hat er gehabt, das weiß ich noch. Vielleicht war es aber auch nur die Dornenhecke, in die ich manchmal gekrochen bin, wenn ich was angestellt habe. Blutig und nackt wie ein kleiner Jesus haben sie mich dann immer wieder hervorgezogen. Ich frage mich, ob der Jesus auch so geheult hat wie ich. Es wäre ihm zu gönnen gewesen. Die Tränen sind der einzige Gewinn am Schmerz.

Von der Mama weiß ich kaum noch etwas, obwohl sie länger bei mir war. Nur dass sie warm war, das weiß ich noch. Wie ein frischer Brotteig. Und Küchenmesser hat sie gesammelt. Die lagen auch alle in der Kommode, gleich neben dem Splitterkästchen, den Geschirrtüchern und einem kleinen Heiligen aus Wachs. Ich glaube, es war der heilige Georg. Der bringt im Namen Christi Drachen um, da kann er die Küchenmesser gut gebrauchen.

Ich hatte keine Kinder, und es hat mich nie gereut. Natürlich wäre ich neugierig gewesen, wie sich das anfühlt, wenn etwas von einem selbst in die Zukunft hinauswächst. Aber es ist nicht passiert. Obwohl die Männer gut zu mir waren. Was mich immer verwundert hat, denn ich war nicht gut zu den Männern. Ich habe sie ja nicht gekannt. Ich habe niemanden richtig gekannt, nicht einmal mich selbst. Erst war ich zu jung. Dann war ich zu stolz. Und schließlich zu alt.

Wenn man alt ist, beginnt man zwar, hin und wieder etwas zu verstehen, aber es nützt einem nichts mehr.

Die Männer waren mir kein Bedürfnis. Manchmal habe ich mich verliebt, das ist mir aber auch mit dem goldenen Wetterhahn auf dem Rathausdach passiert. Oder mit den Schmetterlingen draußen über den Feldwegen. Die Schmetterlinge waren mir ein größeres Bedürfnis als alle Männer zusammen. Sie waren auch das beste Mittel gegen die Traurigkeit. Die wenigsten Männer sind eine Herausforderung, die meisten sind eine Zumutung. Sie können nicht mehr groß und traurig sein.

Einen traurigen Mann habe ich doch gekannt, einen einzigen. Der war groß und hat spitze Knie gehabt, wie es sich gehört für einen Mann. Eine Brille hat er auch gehabt, mit Gläsern so dick wie Eiswürfel. Einmal habe ich sie mir aufgesetzt und mich halbblind vor ihn hingelegt. Da ist ihm fast das Herz geplatzt vor lauter Liebe. Das hat er mir später erzählt. Es kann schon sein, dass er der Richtige gewesen wäre. Aber er ist mir weggestorben, noch vor dem Erwachen.

Ab einem gewissen Alter glaubt man, dass einem nichts mehr übrigbleibt, doch das ist ein Irrtum. Solange man lebt, ist immer noch etwas zu machen.

Aber im Großen und Ganzen ist das Altwerden eine Misere. Gut ist nur, dass man leichter wird. Das schwerste sind nämlich die Gedanken, und die bleiben zunehmend weg. Vieles löst sich ganz von alleine. Eigentlich alles.

Meine Kindheitserinnerungen sind fast alle weg. Aber es gibt noch ein paar Erinnerungen an die Erinnerungen. Und die sind schön. Zumindest erzeugen sie kein schlechtes Gefühl.

Meine Mutter, wohin hast du mich getrieben?
Mein Vater, wohin ziehst du mich?

Ist das ein Lied?

Natürlich hätte ich gerne mein Geld selber verdient. Stattdessen war ich eine Dame. Und das ist eigentlich auch nicht wünschenswert. Als Dame muss man beständig eine Maske aus Schminke und Stolz tragen, die ist so schwer, dass sie einen ganz niederzwingt. Mir haben die Schminke und der Stolz die Schulterblätter aus dem Rücken gedrückt, bis sie abgestanden sind wie gestutzte Flügel.

Ich wäre gerne über die Felder gezischt wie die Schwalben. Oder wenigstens getorkelt wie die Schmetterlinge. Die sind ja alle ganz verrückt im Frühling. Das ist so schön, da möchte man fast an Gott glauben. Aber das bringt einen auch nicht weiter. Die Schönheit der Schmetterlinge braucht keinen Gott. Es gibt sie ja wirklich.

Die Eleganz war mir nicht angeboren. Als junges Mädchen bin ich in den Ballschuhen meiner Mutter vor dem Spiegel auf und ab gegangen. Ich war ja eher groß und füllig, ein Trampel eigentlich, und die Schuhe waren zwei Nummern zu klein. Auf und ab, auf und ab. Da war nichts naturgegeben wie bei der Greta Garbo oder der Thea Bobrikova. Meine Eleganz war hart erarbeitet, aber für Paulstadt hat es gereicht.

Manchmal hätte ich schon gerne gebetet. *Steh mir bei, lieber Gott* oder so etwas. Aber ich habe es mir immer verkniffen. Nie habe ich mit ihm gesprochen, noch nicht einmal in der dringlichsten Not. Da habe ich keine großen Erwartungen gehabt.

Als Mädchen wurde man ja geradezu in die Kirche geschleppt, ohne Widerrede und Verstand. Schlimm war das. Das Hinknien habe ich als Zumutung empfunden. Vor allem wegen der Erniedrigung, aber auch wegen der Flecken auf den Strümpfen. Bei der Beichte habe ich Geschichten erfunden. Die waren so schön und so verdorben, dass ich sie hätte aufschreiben und verkaufen sollen, anstatt sie dem Pfarrer ins kalte Ohr zu flüstern. Natürlich war ich keine echte Sünderin. Meine Sünden waren in Wirklichkeit Freuden. Gott war das sowieso egal, weil es ihn nicht gibt. Wenn es ihn gäbe, bräuchte er keinen Stellvertreter auf Erden. Alles was es gibt, ist menschlich. Gott ist nicht menschlich, also gibt es ihn nicht. Seitdem ich mir das einrede, habe ich meinen Frieden mit ihm gefunden. Ich habe in meinem Leben keine Angst vor Gott gehabt. Meine Ängste hatten eine andere Natur.

Es ist merkwürdig: Alle, die ich gekannt habe, habe ich überlebt. Und die, die ich nicht überlebt habe, habe ich nicht gekannt. Jetzt weiß ich nicht einmal mehr, ob das traurig ist. Ich glaube, mein Humor ist hin.

Die Dinge verschwinden mit der Zeit. Das heißt Vergessen. Ich habe viel vergessen in einhundertfünf Jahren. Aber jetzt weiß ich, dass nichts wirklich weggekommen ist. Es ist wie mit alten Bildern. Manche stellt man einfach in eine Ecke, manche deckt man zu, manche werden übermalt. Ich habe eine Unzahl von Scheußlichkeiten übermalt. Das Feuer und die Einschläge. Den Hohn und die Einsamkeit. Die nassgeheulten Kissen. Die vielen, vielen verzerrten Gesichter. Und schließlich die eigene, langsam ins Ungute voranschreitende Gesichtsverwandlung. Alles habe ich mir schöngemalt, geholfen hat es nichts.

Als ich sehr jung war, hat mir ein Mann gesagt: Anni, du bist so schön, dass ich allen Menschen immer wieder von deiner Schönheit erzählen will, aber mir fehlen die Worte, deswegen behalte ich deine Schönheit für mich. Das war natürlich eine ausgemachte Dreistigkeit und ich habe ihm gesagt, dass ich ihn nicht will und dass er schleunigst gehen soll. Daraufhin hat er sich draußen vor der Stadt in den Kopf geschossen. Auch dabei hat er sich dumm angestellt. Statt des Lebensfadens hat er seinen Sehnerv getroffen und war seitdem auf beiden Augen blind. Aber die Krankenschwester hat sich in ihn verschaut und ihm später vier Kinder geschenkt. Mindestens eines davon hat ihn immer am Arm durch die Stadt geführt. Er hat dabei sein Gesicht gegen den Himmel gehalten und gelächelt. Gegrüßt haben wir uns nicht mehr, aber ich glaube, er war der glücklichste Mensch, den ich gekannt habe.

Im Grunde genommen verstehe ich ja nichts von der Liebe, und vom Leben weiß ich nur, dass man es zu leben hat. Aber immerhin habe ich jetzt vom Sterben eine Ahnung: Es beendet die Sehnsucht, und wenn man stillhält, tut es gar nicht weh.

Die Liebe. Der Krieg. Der Gott. Der Vater. Die Mutter. Das Kind. Die Hecke und die Heimlichkeit. Die Blumen und die weiße Angst. Das Scharfe. Das Helle. Der Schnee. Das Wetterleuchten und der Suppentopf. Noch dreimal Lachen, dann ist es vorbei. Die Sonne. Das Boot. Der Vogel. Der Tod.

Es wird ja so vieles würdelos, wenn es aufs Ende hin geht. Das meiste eigentlich. Die Spritzen und die Haushaltshilfen. Die Pillen und die Stützkorsette. Das ganze Strampeln um die allerletzte Lebendigkeit. Und dann diese Hemden, die hinten bei jedem Schritt auseinanderflattern. Ein faltiger Hintern ist genauso würdelos wie eine Lüge auf den letzten Drücker. Ohne Würde ist der Mensch ein Nichts. Solange es geht, sollte man sich selbst darum bemühen. Sobald es jedoch aufs Ende hin geht, kann einem die Würde nur mehr geschenkt werden. Sie liegt im Blick der anderen.

Und jetzt erinnere ich mich an einen Satz. Wenn mich nicht alles täuscht, habe ich ihn selbst gedacht. Es ist ein Satz, wenn schon nicht für die Ewigkeit, so doch für den Augenblick. Mehr kann man eigentlich nicht verlangen.

Erst war ich Mensch, jetzt bin ich Welt.

HANNES DIXON

Am Tag, als es Pfarrer Hoberg gefallen hat, das Haus seines Herrn anzuzünden, verfasste ich folgende Schlagzeile: *Kirche brennt, Gott lebt!* Es war nicht die beste, die ich je geschrieben habe, aber sie war gut. Damals glaubte ich noch an die Wahrheit und daran, dass man die Dinge zum Besseren wenden kann, wenn man nur genügend Empörung in sich trägt. Später ging das ein bisschen verloren. Die Welt wandelte sich, die Wahrheit blieb stets hinter der Wirklichkeit zurück und die Empörung wich einem gar nicht unangenehmen Gefühl von Resignation.

Zweieinhalb Meter über mir steht in den billigsten Kalkstein, den das Rathaus kriegen konnte, gemeißelt: *Hier ruht Hannes Dixon, Bürger und Chronist Paulstadts.* Das ist natürlich der reinste Unsinn. Ein Chronist ist ein Stubenhocker, der Ereignisse in ihrer zeitlichen Abfolge aufzeichnet, und ein Bürger zahlt Steuern. Beides habe ich nie getan.

Ich war Reporter. Genauer gesagt: Ich war Reporter, Redakteur, Setzer, Drucker und Herausgeber der einzigen Zeitung Paulstadts, des *Paulstädter Boten.*

Als anstatt meines Vaters, an dessen Gesicht und Stimme ich mich schon damals nicht mehr erinnern konnte, nach mehr als fünf Kriegsjahren nur ein in amtlicher Druckschrift verfasster Brief zurückkam, in dem von soldatischer Pflichterfüllung gemäß dem Fahneneid für die Zukunft und Größe unseres Vaterlandes sowie von aufrichtigem Mitgefühl und unersetzlichem Verlust die Rede war, verkroch ich mich hinter der Treppe zum Kohlekeller und setzte den ersten Brief meines Lebens auf. Er war an meinen toten Vater gerichtet und ich hatte nie vor, ihn abzuschicken. Wohin auch? Ich steckte den Brief in einen Umschlag und vergrub ihn unterm Johannisbeerstrauch in unserem Garten. Dann ging ich hinaus in die Felder, legte mich in eine Ackerfurche und weinte, bis ich mich so trocken und mürbe fühlte wie die Erde unter mir. Es war ein heißer Sommer und ich war vierzehn Jahre alt.

Meiner Mutter muss der Erdhaufen unter den Johannisbeeren aufgefallen sein. Sie fand den Brief, und nachdem sie ihn, wie sie mir später erzählte, mehrmals von vorne bis hinten durchgelesen hatte, rief sie mich zu sich in die Küche. Sie saß auf ihrem Hocker und musterte mich. Etwas an ihrem Blick hatte sich verändert. Er kam mir unendlich traurig vor, und doch lag etwas darin, das mich aufrichtete. Auf eine merkwürdige Art kam ich mir groß und kräftig vor, obwohl ich mich gleichzeitig für dieses Gefühl schämte. Sie verschränkte die Arme vor der Brust. Für einige Augenblicke blieb es still in der Küche, dann sagte sie unvermittelt: »Du warst das wunderbarste Kind, das ich mir vorstellen konnte.«

Ich erschrak und starrte sie an. Sie ließ die Arme in den Schoß sinken. »Du bist jetzt kein Kind mehr«, sagte sie. »Vielleicht bist du auch noch kein Mann, aber du bist kein Kind mehr. Du bist mein Sohn, und du bist klüger geworden, als ich es je für möglich gehalten habe. Du kannst denken. Du kannst hinter Vorhänge sehen. Du hast Möglichkeiten, nutze sie. Versprich mir, dass du deine Möglichkeiten nutzt!«

Später erfuhr ich, dass sie den Brief nach Kriegsende in zweifacher Abschrift an die Leserbriefabteilung einer überregionalen Tageszeitung sowie an das Paulstädter Rathaus »zu persönlichen Händen unseres lieben Herrn Bürgermeister« geschickt hatte. Vom Bürgermeister kam nichts zurück, die Zeitung jedoch druckte den Brief, und meine Mutter hängte die Seite gerahmt an die Wohnzimmerwand, wo sie bis zu ihrem Tod als Zeichen ihres Stolzes und mir zur ewigen Mahnung hing. Die Mahnung lautete: Werde nie ein schlechterer Mensch als der, der du mit vierzehn warst.

Damals begriff ich, wie viel Eindruck ein paar gut formulierte Sätze machen können. Ich beschloss, mein Leben dem Schreiben zu widmen. Genauer gesagt, ich beschloss, mein Leben dem Aufschreiben der Wahrheit zu widmen, auch wenn ich nicht die geringste Ahnung hatte, was Wahrheit eigentlich sein sollte. Der Tod meines Vaters war mir irgendwie falsch vorgekommen, eine einzige große Lüge. Was hatte die Tatsache, dass jemand mit zerschossenem Kopf in einem Schlammgraben liegengeblieben war, mit Heldentum zu tun? Und wenn jemand tatsächlich unersetzlich war, wie im Brief des Oberleutnants stand, wieso steckte man ihn dann in einen solchen Graben? Und warum war allenthalben die Rede vom Vaterland, wo doch die Väter schon lange nur noch verwirrt oder verkrüppelt oder überhaupt nicht mehr aus dem Schlamassel zurückkamen? Diese Fragen trieben mich um. Und warfen weitere auf. Fragen, die ich mich nie getraut hatte, meiner Mutter zu stellen. Fragen an die Lehrer, an meine Mitschüler, an das Rathaus, an jeden beliebigen Passanten, der einfach so über die Straße gehen konnte, während doch mein Vater schon längst irgendwo tot in der Erde lag. Und dann waren da die Fragen, die mich selbst betrafen. Wer war ich? Wer wollte ich sein? Wer konnte ich überhaupt sein?

Ein vierzehnjähriger Junge in kurzen Hosen beschließt, hinter die Vorhänge zu schauen. Er will Journalist werden oder Schriftsteller, was für ihn noch keinen Unterschied macht, einer von den ganz großen jedenfalls, oder wenigstens einer wie die Redakteure der großformatigen Zeitungen, die im Lehmkuhl auslagen und deren Artikel mit Kürzeln wie A. P. oder K. T. oder O. S. unterschrieben waren. Die Chancen stehen schlecht. Eigentlich hat er keine. Aber er hat diese Fragen im Kopf und die Sturheit eines alten Esels.

Ich beteiligte mich an der Herausgabe unserer Schülerzeitung. Sie erschien in einer Auflage von hundertdreißig Exemplaren, fünf Schüler schufteten mit Blaupapier und Mehrfachabschriften. Ich war für das Ressort Vermischtes zuständig und füllte es mit Berichten über Pausenschlägereien und dem Wochenmenü der Mensa. Hinter meinem Ohr steckte stets ein kurzer Bleistift, der mir das anregende Gefühl von Betriebsamkeit vermittelte. Wenn ich über den Schulhof ging, betrachteten mich die anderen mit einer Mischung aus Neugierde und Verachtung. »Na, Dixon. Bist du wieder am Schnüffeln?«, riefen sie. Es war würdelos und aufregend.

Nach dem Ende der Schulzeit ging ich zur Gemeindebibliothek und sprach bei der Bibliothekarin vor. Ich sagte, ich wolle eine Zeitung gründen, ob mir dabei vielleicht jemand behilflich sein könnte? Merkwürdigerweise lachte sie mich nicht aus. Sie sah mich eine Weile an, dann sagte sie: »Komm mit.«

Sie schloss ein Türchen hinter dem Regal mit den Kochbüchern auf, und über ein paar Stufen gelangten wir ins Kellergewölbe. Eine einzelne Glühbirne hing von der Decke und ließ unsere Schatten über Wände wandern, die aussahen, als wären sie aus dem rohen Fels gemeißelt. Der Boden war von einer dicken Staubschicht bedeckt. »Da«, sagte die Bibliothekarin und wies in eine Ecke. Zwischen dem Heizkessel und Stapeln zerschlissener Bücher stand eine riesige, schwarze Maschine.

»Meinst du, du kannst damit etwas anfangen?«

»Ja«, sagte ich. »Ich denke schon.«

Die Maschine war eine Zylinderpresse der Marke Koenig & Bauer, auf der früher die Gemeindenachrichten gedruckt worden waren. Sie war über hundert Jahre alt, einzementiert in einer Mischung aus Schmieröl und Staub, und ich brauchte fast ein Jahr, um sie zum Laufen zu bringen. Als sie schließlich mit einem ordinären Geräusch ansprang und die ersten Seiten unter der Walze hervorratterten, brach ich in ein Jubelgeschrei aus, dass mir die Stimme wegkippte und es von der Decke fein zu rieseln begann.

Zwei Monate darauf, in einer eisigen Winternacht kurz vor meinem neunzehnten Geburtstag setzte ich zum ersten Mal den Titel meiner neuen Zeitung: *Der Paulstädter Bote.* Schrifttyp Walbaum-Fraktur, halbfett, Größe vierundzwanzig, Anno 1812. Im Licht der Glühbirne kam mir mein Atemhauch vor wie der Geist einer neuen Ära.

Ich machte die Zeitung neununddreißig Jahre lang und beschäftigte eine ganze Reihe von Mitarbeitern, Leute, die wenigstens vorübergehend enthusiastisch genug waren, um an die Macht des geschriebenen Worts zu glauben: Rentner, Hausfrauen, Schulabbrecher, Hilfsarbeiter, Maschinenbauer, arbeitslose Lehrer, Faulpelze, Hohlköpfe, Genies. Sie kamen und gingen. Ich blieb.

Neununddreißig Jahre.

Es stimmt nicht, dass die Zeit im Rückblick schrumpft. Es war eine lange Zeit, und sie kam mir auch lang vor. Ich habe getan, was ich konnte. Nichts von dem, was ich druckte, ging um die Welt, alles blieb in Paulstadt. Aber es macht keinen Unterschied. Jeder Augenblick trägt alle Zeit in sich und in den Auslagenscheiben der Marktstraße spiegelt sich die ganze Welt. Ganz am Anfang hatte ich einmal eine Ausgabe der *New York Times* bestellt. Ich wollte wissen, was die anderen so machen. Die Zeitung kam per Post und mit einer Woche Verspätung. Doch es geht nicht um Aktualität. Wer aktuell sein möchte, soll in den Spiegel schauen. Nachrichten erzählen immer nur von dem, was war.

Die Amerikaner waren gut, aber sie waren nicht besser als ich. Die Taten der Menschen bleiben dieselben. Was sich unterscheidet, ist bloß ihre Wirkung. Und auch das relativiert sich mit der Zeit.

Wollen Sie eine Geschichte hören? Schreiben Sie mit. Es geht um die Straßenbahn. Drei Stationen. Zwei Endstationen, dazwischen der Rathausplatz. Von Nordost nach Südwest und zurück. Das ist Fortschritt. Wer dagegen ist, weiß nicht genug. Einiges muss man sich anhören, vieles nicht. Das kann man aussitzen. Das Rathaus ist schließlich kein Mülleimer. Es schreien ja immer nur die Verbitterten. Es zetern ja immer nur die Ausgeschiedenen. Aber natürlich: Man muss die Dinge beim Namen nennen. Es geht um uns. Es geht um die Zukunft. Es geht um alles. Die Löcher in den Straßen machen nichts. Das kann man hinnehmen. Sobald sie sich im Winter mit Wasser füllen, frieren sie zu. Im Sommer können die Kinder Schiffchen treiben lassen. Das ist schön. Alles hat seine Vor- und Nachteile. Die Zeiten früher waren nicht besser, nur anders. Alles verändert sich. Alles fließt. Alles kostet

Geld. Die Löcher im Haushalt sind größer als die Löcher in der Straße. Die Löcher im Haushalt sind größer als die Sumpflöcher draußen vor der Stadt. Das klingt gut. Haben Sie das? Es ist nur ein Vorschlag. Eine Anregung. Die Politik hat der Presse nichts vorzuschreiben. Niemand hat irgendjemandem irgendwas vorzuschreiben. Es wird sowieso allenthalben zu viel geredet. Beziehungsweise das Falsche. Beziehungsweise das Uneigentliche. Die Schulsanierung steht nicht auf der Tagesordnung. Nichts steht auf der Tagesordnung. Auch nicht die Sache mit dem Spendengeld. Die im Übrigen nicht stimmt. Manches wird übertrieben. Vieles falsch dargestellt. Eigentlich alles. Die Wahrheit ist biegsam wie heißes Eisen. Die Wirklichkeit ist Ansichtssache. Wer will, kann sich informieren. Wer nicht will, wird informiert. Das ist Freiheit. Haben Sie das? Hervorragend. Auch von der Seite? Eine Straßenbahn ist eine Sache, das Gift in Buxters Schweinehack ist da schon etwas ganz anderes. Man darf die Dinge nicht durcheinanderbringen. Nicht alles in einen Topf oder über einen Kamm. Alles hat seine Zeit. Jedes hat seinen Platz. Wo käme man denn da sonst hin? Moment. So geht es nicht. Das ist unrichtig. Widersinnig und obendrein gefährlich. Die Korruption hat keine Namen. Erst der Name gibt dem Menschen Würde. Sehen Sie den Pfarrer auf der Straße liegen, dessen Rücken aussieht wie ein verkohlter

Blechkuchen? Haben Sie von dem toten Jungen gehört, den sie gestern aus dem Sumpfloch gezogen haben? Haben Sie vom letzten Willen Karl Jonas' gelesen, der sein Grab mit der Erde seines Ackers gefüllt haben wollte? Von den Feuerwehrmännern, die über einen Berg aus Schutt kriechen, um nach Lebenden und Toten zu suchen? Denken Sie darüber nach. Denken Sie, wie es Ihnen beliebt. Glauben Sie, sobald Sie es sich erlauben. Glauben ist in Wahrheit Wissen. Wissen wird zur Meinung. Schreiben Sie das auf!

Das Kind ohne Namen. Das verlorene Licht. Buxters letzte Tat. Ein Toter im Feld. Drei Tote unter Glas und Stein. Des Bürgermeisters Traum in Trümmern. Das Schweigen im Rathaus. Wem gehört die Stadt? Wem gehört der rote Damenschuh? Ein Grab zu viel. Kostenfalle Straßenbau. Kein Rücktritt, aber viele Fragen. Der Winter ist da! Kein Sommer dieses Jahr! Kobielski feiert Jubiläum! Es war Mord! Es war Totschlag! Es war nur ein Versehen. Rekordversuch am Rathausplatz. Kein Witz: Beamtenstreik! Schmiereien der Schande. Onkel Abu, Lebewohl! Frostiger Frühling. Herbst der Entscheidung. Tanztee vor dem Aus? Rücktritt noch in diesem Jahr? Paulstadts große Chance. Paulstadts ganzer Stolz. Paulstadt unter Schock! Paulstadts schönster Blumenschmuck. Die Nacht der Entscheidung. Babyglück im Altenheim! Nachbarstreit am Pflaumenbaum.

Meine Mutter ist tot.

Meine Mutter ist tot. Im Haus hat es noch lange nach ihr gerochen. Über die Tapete im Flur huschte ihr Schatten, und überall waren Geräusche: das Rascheln des Papiers in ihrer Schublade. Das Klirren einer Kaffeetasse. Das Tappen ihrer Schritte im Zimmer, leise und weich auf dem Teppich. Der Schatten verschwand und die Geräusche nahmen ab oder veränderten sich mit der Zeit. Das Knarren der Dielen und das Vibrieren des Geschirrs im Küchenschrank hatte nichts mehr mit ihr zu tun. Ich sitze alleine und horche in die Dunkelheit.

Ich habe für dich weitergemacht. Aber es war nicht mehr dasselbe. Damals in der Küche habe ich den Brief zwischen deinen Händen im Schoß gesehen. Er war schmutzig von der Erde. Du hast nicht gelächelt. Dabei habe ich es mir so sehr gewünscht. Ich wollte nichts hören. Ich wollte um meine Kindheit kämpfen. Ich wollte dir ins Gesicht schreien: »Ich bin ein Kind und ich will immer ein Kind bleiben. Ich will dein Kind bleiben!« Ich habe nicht geschrien. Ich habe es für dich getan. Hat es gereicht? Ich weiß es nicht. Ich wünschte, ich hätte genauer hingesehen. Ich wünschte, ich hätte weniger genau hingesehen. Ich wünschte, du könntest stolz auf mich sein. Sei mir nicht böse.

Ich habe hinter Vorhänge geschaut. Zum Schluss habe ich den letzten Vorhang gelüftet und gesehen: Dahinter ist nichts. Ich wünschte, ich hätte nichts zu bereuen. Und das ist die ganze Wahrheit.

MARTIN REYNART

Der Regen war plötzlich und heftig gekommen. Als
würde sich das Wasser, das sich einen halben Sommer lang angesammelt hatte, in einem einzigen gewaltigen Schwall über der Stadt ergießen. Wir saßen
im Auto, tranken Bier und hörten Musik. Tom hinten, Kath auf dem Fahrersitz, ich daneben. Es war der
Wagen ihres Vaters und sie hatte den Führerschein
erst ein paar Wochen. Sie sagte, er würde sie umbringen, wenn sie jemanden ans Steuer ließe. Er würde sie mit den Haaren an die Hinterachse binden und
über die Feldwege schleifen. An diesem Tag trug sie
ein kurzes Strickkleid, und noch vor zwei Stunden
hatte ich die feinen Härchen auf ihren Schenkeln in
der Abendsonne glänzen gesehen. Jetzt war die Sonne längst untergegangen und die Dunkelheit hatte
ihre Beine verschluckt, und wir saßen da wie Ge-
spenster, noch nicht betrunken genug, um uns wirklich gut zu fühlen, und es war Samstagabend und die
Straße, die Stadt, die ganze Welt war tot, und das Einzige, was sich bewegte, war der Regen, der aufs Blech
trommelte und in breiten Schlieren über die Scheiben
lief.

»He Kath, hab ich dich nicht letztens mit diesem

Idioten gesehen?«, fragte Tom. »Wie heißt der noch mal?«

»Der einzige Idiot bist du.«

»Hab seinen Namen vergessen. Ein riesiger Kerl. Arme wie ein Affe.«

»Du bist der Idiot. Und du bist besoffen.«

»Wär ich gern.«

»Lass sie in Frieden«, sagte ich.

»Was willst du denn jetzt?«, sagte Kath. »Denkst du, ich kann mich nicht selbst verteidigen?«

»Keine Ahnung, was ich denke.«

»Ohne euch können wir Frauen nicht einmal gerade gehen, oder was?«

»Hab ich nie gesagt.«

»Müsst ihr eigentlich immer alles versauen? Es ist Samstagabend«, sagte Tom.

Ich hätte ihn am liebsten in die Fresse gehauen, wie er da hinten hockte, das Gesicht halb im Schatten und sein Bier zwischen die Knie geklemmt. So war es immer. Er fängt an, ich komme bloß dazu, und trotzdem bleibt alles an mir hängen. Aber wir galten als beste Freunde, und wahrscheinlich wollte ich diesen Mythos nicht zerstören. Eine Windböe klatschte gegen die Frontscheibe, und für einen Moment hatte ich das Gefühl, irgendwas Schweres sei vom Himmel gestürzt, genau auf unseren Wagen, genau hier, an der totesten Ecke der totesten Stadt der Welt.

»Der Sommer ist vorbei«, sagte ich.

»Das Bier ist bald alle«, sagte Tom.

»Ich will nicht mehr«, sagte Kath.

Wir fuhren ein bisschen durch die Gegend. Über den Zubringer aus der Stadt raus in Richtung Westen. Niemand folgte uns. Niemand kam uns entgegen. Wir waren das einzige Licht, das einzig Lebendige weit und breit. Der Wind jagte den Regen über den Asphalt, und am Straßenrand schien die Erde zu kochen.

Vor uns schoss etwas über die Straße und es gab einen dumpfen Knall. Ich wurde nach vorne geschleudert, dann zur Seite, etwas Hartes stieß mir gegen die Brust, vielleicht das Lenkrad, vielleicht der Schaltknüppel, was weiß ich, und für einen Moment blieb mir die Luft weg. Danach saß ich wieder gerade. Ich atmete, aber ich hatte höllische Schmerzen, und es hörte sich komisch an, ein hohles, dunkles Blubbern. Ich sah mich um. Der Wagen steckte schräg nach vorne geneigt im Acker. Der Motor war ausgegangen, aber die Scheinwerfer waren noch an. Das Radio baumelte an den Kabeln aus dem Armaturenbrett und rauschte. Die Frontscheibe war hinüber und zerlegte das Licht in Tausende winzige Puzzleteile. Etwas tropfte auf meine Hand, aber es war kein Bier.

»Was war das?«, hörte ich Tom von hinten. Er saß genauso da wie eben noch. Aber an seiner Wange klaffte ein langer Riss, aus dessen unterem Ende Blut quoll und ihm übers Kinn lief.

»Ein Fuchs oder so«, sagte ich. »Jedenfalls kein Mensch.«

»Wie willst du das wissen?«

»Zu klein. Außerdem gibt es hier draußen niemanden.«

»Du hörst dich komisch an.«

»Ich weiß.«

»Was ist mit deinem Hemd? Ist das Blut?«

Kath, die zusammengesunken, das Gesicht auf den Knien, dagesessen hatte, richtete sich auf. »Er bringt mich um!«, sagte sie. »Er bringt mich um!«

»Ach hör auf, das kriegt man wieder hin.«

»Nein«, sagte sie. »Sieh dir nur mal das Radio an!«

Plötzlich wurde es hell im Innenraum. Ein Wagen rauschte heran, wurde langsamer und blieb stehen. Ein Mann kam durch den Regen auf uns zu gerannt. »Alles in Ordnung bei euch?«

Tom kurbelte das Fenster herunter. »Nein«, sagte er. »Der da blutet und macht komische Geräusche.«

»Nur beim Atmen«, sagte ich.

»O Gott«, sagte der Mann und starrte uns an. »Bleibt, wo ihr seid. Ich hole Hilfe!« Er stolperte zu seinem Auto zurück und fuhr davon.

»Er bringt mich um«, sagte Kath. »Er wird uns alle umbringen.«

»Ich brauche ein bisschen frische Luft«, sagte ich und stieg aus dem Wagen.

»Und das Lenkrad ist auch hinüber«, hörte ich sie noch wimmern.

Draußen war es stockdunkel. Es regnete jetzt nicht mehr so stark, und ich bildete mir ein, die kühle Luft täte mir gut. Die Erde schmatzte unter meinen Füßen. Mit jedem Schritt sank ich bis zu den Knöcheln in den Matsch. Als ich sicher war, dass sie mich nicht mehr sehen konnten, fiel ich auf die Knie und begann zu heulen. Es fühlte sich an, als stecke irgendetwas tief in mir, und so war es ja auch. Ich versuchte die Stelle unterm Hemd zu ertasten, aber da war nur ein nasses, pochendes Loch. Ich beugte mich nach vorne und spuckte einen Schwall Blut. Ich legte mein Gesicht auf die Erde und schrie in den Matsch hinein. Ich dachte an Kath und ihren Vater. Er würde sie umbringen. Oder sie ihn. Ihr war es zuzutrauen. Und dann würde sie mit Tom abhauen und ihn heiraten und all diese Sachen. Plötzlich war mir alles klar. Das Ganze war nur ein Spiel, und alle spielten gegen mich. Sie hatten mich erledigt. Tom und Kath. Die beiden. Vor allem er. Er kriegte alles. Ging als Sieger vom Platz.

Er war ein Jahr nach mir in die Klasse gekommen. Als er vorne stand und mit leiser Stimme seinen Namen sagte, war klar, dass sich das Gefüge unter uns ändern würde. Es lag im Blick der Mädchen, sie waren verrückt nach ihm. Nach seinem schwarzen Haar, das ihm etwas von einem Indianer gab. Nach seinen langen Wimpern. Seiner glatten Haut. Und dieser verfluchten, leisen, seifigen Stimme. Er kriegte den Platz neben mir, und zwangsläufig wurden wir Freunde. Doch es gab ein Gefälle in unserer Freundschaft. Es hört sich vielleicht bescheuert an, aber in seiner Nähe fühlte ich mich manchmal wie ein winselndes Hündchen. Er gab einem so ein Gefühl.

Bei schönem Wetter hingen wir alle im Park herum oder nachts am Feld. Wir tranken Bier und probierten die Pillen, die wir aus den Apothekenschränkchen unserer Eltern mitgehen ließen. Wir sortierten sie nach Farbe und Form und schluckten sie der Reihe nach. Meistens passierte nichts, manchmal haute es einen richtig um. In meiner Erinnerung war es immer Frühling. Es war warm, es gab das Bier und die Pillen und diese federleichten weißen Dinger, die in Schwärmen durch die Luft segelten. Wir waren beide hinter Kath her. Wo sie war, da waren wir auch. Vielleicht war es auch umgekehrt. Keine Ahnung, wer zuerst in wen verliebt war. Wir waren alle ins Leben verliebt. Ich dachte, ich sei nicht eifersüchtig, aber eines Tages sagte ich ihr, sie solle sich nicht wie eine Hure ranschmeißen an ihn. Sie schloss einfach nur die Augen und hielt ihr Gesicht in die Sonne. Ich glaube, sie hat es ihm später erzählt.

Der Schmerz. Es fühlte sich an, als ob sich bei jeder Bewegung etwas tiefer in meine Brust bohrte. Das viele Blut. Ich glaube, mittlerweile kam mehr davon aus dem Mund als aus dem Loch in der Brust. Das Blubbern war zu einer Art heiserem Schnarchen geworden. Ich war ein Tier, und das war meine Stimme. Ich kroch in die Erde hinein, bohrte mir mit meinem Kopf eine Höhle. Dann war ich weg.

Einmal hat er mich geküsst. Wir waren mit Schwitters und den anderen am Feld und ich lag mit dem Rücken auf der Platte des Bürgermeisters, als er plötzlich über mir kniete und mich angrinste. »Was ist los, du Arschloch?«, fragte ich, und im nächsten Moment drückte er seinen großen, feuchten Mund auf meinen. Ich hau ihm in die Fresse, dachte ich, ich breche ihm irgendetwas und hau ihn so lange in die Fresse, bis er sich nicht mehr rührt. Aber ich tat es nicht. Ich machte überhaupt nichts, lag einfach nur da, hatte seine Zunge im Mund und konnte mich nicht rühren. Dann stand er auf und holte ein Bier. Ich tat so, als wäre alles nur ein blöder Scherz, aber ich hätte heulen können.

Die Stimmen. Rufen, Schreien. Ich hob den Kopf und blickte zur Straße zurück. Drei, vier Wagen standen da, mindestens. Im Blaulicht schien der Boden zu dampfen. Polizisten redeten durcheinander. Zwei von ihnen kannte ich vom Sehen. Ein Feuerwehrmann

hastete geduckt von seinem Fahrzeug zum Unfall-
wagen und wieder zurück. Am Krankenwagen stand
Kath, eine Decke um die Schultern, und redete mit
einem Mann. Drinnen lag Tom auf der Bahre. Ich erkannte ihn an seinen Sportschuhen. Blau mit gelben
Sohlen. Die beiden im Licht. Es gibt keine Engel. Das
Licht ist für alle da. Es regnete immer noch. Aber das
Merkwürdige war, dass der Regen ganz langsam fiel.
Silbrige Schnüre aus der Schwärze, wie in Zeitlupe. Jemand rief meinen Namen. Ich rührte mich nicht. Was
gingen sie mich an? Ich war ein Tier in der Erde. Tom,
machte der Regen in meinem Gesicht. Tom. Tom.
Tom. Tom. Tom. Seine blaugelben Schuhe waren mal
meine. Alles was er besaß, hatte mal mir gehört. Ich
brauche es nicht mehr. Ihre Taschenlampen schwan-
ken durch die Dunkelheit. Direkt vor mir taucht der
Fuchs auf. Er streckt seine Vorderfüße steif von sich,
dann legt er sich zu mir, seine Schnauze an meinem
Gesicht. Er flüstert: Bleib einfach liegen und beweg
dich nicht. Sie werden uns nicht finden.

LINDA ABERIUS

I

Ich kann nicht sagen wieso, aber ich bin mir sicher: Es ist ein Berg im Süden. Und ganz oben steht ein Hotel. Es ist ein lichter, offener Bau. Der Blick ist frei nach allen Seiten. Unten breitet sich die Wolkendecke aus, unendlich weit und weiß. Es ist Winter. Wir sind schon eine Weile hier (seit Tagen?), und es sind gute Menschen um mich herum. Aber kein einziges Gesicht …

Eine Unruhe weht mich an. Es ist die Ahnung vom Aufbruch. Ich bilde mir ein, dazuzugehören. Doch zu wem? Plötzlich steht er neben mir. Wir reden. Sein Nacken und seine Haare duften und er lächelt. Wir setzen uns und ich lege meine Hände in den Schoß. Der Stoff unter meinen Fingern ist kühl. Seine Erklärungen sind freundlich, aber bestimmt. Er spricht mit gesenktem Kopf. Ich höre keine Worte und verstehe doch alles.

Es ist Zeit. Die meisten sind schon unten. Und in diesem Augenblick begreife ich, dass ich wieder alleine bin. Aber es ist doch ganz einfach, ruft mir jemand zu, er ist aufs Zimmer gegangen! Mit ihr! Die beiden sind jetzt zusammen.

Später gehe ich mit schnellen, leichten Schritten den Bergpfad hinunter. Der Wind weht mir kalt ins Gesicht. Nur hinter meinen Augen ist es heiß. Sie sind oben, weit hinter mir.

Ich liebe dich …

Am Straßenrand liegt ein Etwas. Es hat Staub im Gesicht und die Augen sehen aus wie blaue Pfützen im Kalkgestein. Plötzlich spüre ich große Schmerzen, und da merke ich, dass mir der linke Arm fehlt. Er ist an der Schulter ausgerissen. Voller Entsetzen beginne ich den Berg hinunterzurennen. Ich schließe die Augen. Der Schmerz klingt langsam ab, und endlich, endlich …

II

Aus der Mitte der Nacht grollt es heraus. Vom Himmel schneit es kalte Sterne. Tief im Wald liegt das Kind. Gebt euch keine Mühe, sage ich, ihr werdet es nicht finden … Es ist eine kleine Schadenfreude in mir. Ich drücke mein Gesicht ins Warme, denn ich weiß: Jetzt ist es gut. Jetzt kann nichts mehr passieren. Allmählich wird es still. Kein Lüftchen geht. Ich halte Winterschlaf in deiner Achselhöhle.

Alles dreckig hier, sagt der Mann und fuchtelt mit seinen Armen, dreckig, stinkend und versaut, aber immerhin macht es Spaß! Ich gehe die Marktstraße hinauf. Zu beiden Seiten liegen die Läden aneinandergereiht wie bunt bemalte Schachteln. Man möchte sie am liebsten durcheinanderschmeißen. Was bist du, Paulstadt? Deine Wurzeln reichen kaum tiefer als der Rathauskeller. Und die Ratten nagen schon!, schreit jemand und torkelt übers Pflaster. Er ist die Dummheit in Person. Ich weiß das, kann aber nichts dagegen unternehmen. Der Mann lacht. Seine Arme sind die Fahnen des Abschieds. Vom Kirchplatz weht mir der Geruch von verkohltem Holz entgegen. Und in diesem Augenblick begreife ich: Es ist ja bloß ein Traum im Traum. Es wird kein Erwachen geben.

BERNARD SILBERMANN

Ich kann sie hören. Ich höre ihre Schritte auf dem mit kleinen, runden Kieselsteinen bestreuten Weg. Ich kann sie an ihren Schritten erkennen. Ich weiß, wer sie sind, lange bevor sie über mir stehen und zu reden beginnen.

Ich weiß, was sie sagen, bevor sie den Mund aufmachen.

Ich höre sie auch, wenn sie stumm bleiben. Ich kenne sie.

Ihre Schritte.

Trap. Trap. Trap. Weich und schwer. Trap. Trap. Trap. Langsam, langsam, alles braucht seine Zeit.

Richtig, Camille?

Guten Morgen, Bernard. Heute ist ein schöner Morgen. Es ist warm. Du müsstest die Erde riechen. Sie riecht nach Herbst. Würzig. Und ein bisschen rauchig irgendwie.

Ich rieche die Erde, Camille, wie auch nicht? Sie füllt meinen Schädel aus. Aber hier unten riecht es nicht rauchig. Es riecht einfach nur nach Erde, mal mehr, mal weniger feucht.

Vielleicht ist es nur die Luft. Ich glaube, drüben am Südwesteingang wird Laub verbrannt. Das machen sie immer um diese Zeit. Wie riecht der Tod, Bernard?

Der Tod riecht nach Salz. Hast du Blumen mitgebracht? Du weißt, dass ich keine Blumen mag. Ich freue mich trotzdem. Hast du sie bei Gregorina gekauft? Gibt es den Laden noch? Nein, du hast sie geklaut, stimmt's? Noch vor Sonnenaufgang hast du dich in den Stadtpark geschlichen. Regnier wird später die gekappten Stängel entdecken und irgendetwas Verrücktes damit anstellen. Leg sie hin. Streich noch einmal mit den Fingern über die Blütenblätter. Das tut dir gut. Du bist eine Diebin, Camille!

Seltsam, aber sobald man den Friedhof betritt, schlägt das Wetter um. Es geht kaum Wind hier, und wenn es bewölkt ist, wirkt trotzdem alles hell und weit. Selbst wenn es regnet, ist es schöner als in der Stadt. Der Regen fällt lautlos und wird von der Erde verschluckt. Es ist still bei euch.

Wie der Himmel aussieht, habe ich längst vergessen. Und es ist nicht still bei uns. Im Gegenteil, alles ist voller Geräusche und Stimmen. Es kratzt und nagt und schabt. Und es sind nicht nur die Tiere. Sogar die Wurzeln machen Lärm. Manchmal dröhnt es auch. Das

Dröhnen kommt von tief unten und schwillt langsam
an. Man will sich wegkrümmen, aber da ist nichts mehr
zu krümmen, und dann vergeht es ja auch wieder. Es
gibt keine Stille. Nirgendwo.

Nun sieh dir das an, das Unkraut frisst sich schon
durch die Grabplatte. Und die war nicht gerade billig.
Hält ein paar Generationen, hat uns der Steinmetz erzählt, erinnerst du dich? Er musste schreien, weil er
sich nicht die Mühe machte, die Schleifmaschine ab-
zuschalten.

Er war ein Gauner. Brüllte die ganze Zeit, und in sei-
nem Gesicht klebte Marmorstaub. Alles Gauner und
Verbrecher. Sie zeigen ihre Goldzähne und wischen mit
kleinen Staubtüchern über ihre Motorhauben und Tür-
klinken und Grabplatten und erzählen dir was von
Qualität und Status, und schon sitzt man in der Falle.
Was machst du da? Hör auf, in dem Spalt herumzu-
kratzen. Es bringt nichts, du brichst dir bloß die Finger-
nägel ab. Sind sie noch rot, Camille? Sind deine Finger-
nägel noch rot?

Es gab einen, der war noch schöner. Und teurer! Er
hatte eine feine rötliche Maserung, und wenn man die
flache Hand darauflegte, war er warm wie Holz. Aus
Italien. Oder Chile? Doch, er war aus Chile, ein echter

Südamerikaner, hat der Steinmetz gesagt. Vielleicht hätten wir den nehmen sollen.

Lass es sein, Camille. Glaubst du wirklich, du wirst damit fertig? Es ist einfach Unkraut. Unkraut und Moos. Was ist los mit dir, Camille?

Ich bin traurig.

Das Zeug ist beständiger als jeder Stein, egal woher er kommt oder wie viel er kostet. Er hat uns übers Ohr gehauen, so ist das. Sie haben uns alle übers Ohr gehauen …

Weißt du, dass ich noch Jahre nach deinem Tod Haare von dir gefunden habe? Dabei hattest du kaum noch Haare auf dem Kopf, als ich dich kennenlernte, trotzdem war die Wohnung voll davon. Das letzte habe ich vor einem Jahr gefunden. Es war eindeutig von dir. Kurz und blond, fast weiß.

Es ist schön, dich zu hören, Camille.

Soll ich dir was erzählen? Es ist grausig. Aber irgendwie auch lustig, finde ich. Es geht um Kobielski. Du weißt ja, dass er es mit seinen Rasenmähern hat. Er ist ganz verrückt nach den Dingern, ich glaube, er hat mehr davon in der Garage als Autos in seinem Salon. Und immer sonntags durch den Garten! Ein Höllenlärm wie bei einem Autorennen, dazu der Benzingestank, weißt du noch? Letztens wieder. Wir sitzen auf der Terrasse, ein warmer Tag, die Sonne scheint, dann geht es los: Kobielski, Badehose, weißer Bauch, weiße Beine, Sandalen, schiebt seine neueste Anschaffung, ein riesiges Ding mit einem Motor wie von einem Traktor, kreuz und quer über den Rasen. Das geht ungefähr eine Stunde. Mindestens. Es ist laut, es stinkt, Kobielski hat seinen Spaß, alles wie gehabt. Aber dann passiert es. Ich weiß nicht warum, vielleicht rutscht er mit seinen abgelatschten Sandalen aus, vielleicht schlagen die Klingen gegen einen Stein oder eine Wurzel, jedenfalls reißt er plötzlich den Rasenmäher in die Höhe, taumelt zurück und lässt ihn mit einem Krachen auf die Erde fallen. Es gibt ein hässliches Geräusch und dann ist es still.

Wen meinst du mit »wir«?

Alles in Ordnung, Kobielski?, frage ich. Doch er steht nur da, starrt über den Gartenzaun zu uns rüber und sagt nichts. Mir fällt noch auf, wie stark er schwitzt. Der Schweiß läuft ihm in Strömen übers Gesicht und über die Schultern. Alles in Ordnung?, frage ich noch einmal und jetzt schüttelt er den Kopf. Nein, sagt er, ich glaube nicht. Er hebt den Rasenmäher ein Stückchen an und darunter kommt sein Fuß zum Vorschein. Da, wo der große Zeh war, ist eine dunkle Öffnung, aus der Blut sickert. Der restliche Fuß scheint nichts abgekriegt zu haben. Soweit ich sehen kann, ist sogar die Sandale ganz geblieben. Kobielski schaut ins Gras hinunter. Dann bückt er sich und hebt etwas auf. Über die Entfernung sieht es aus wie ein runder, weißer Pilz. Aber es ist sein Zeh. Er hält ihn in die Höhe und sagt: Vielleicht kriegen sie ihn wieder dran. Er sagt es ganz ruhig, aber sein Gesicht ist weiß wie Schnee.

Wer ist »wir«, Camille? Wer sitzt mit dir am Sonntagnachmittag auf der Terrasse?

Na ja, sie haben den Zeh nicht wieder dran gekriegt. Kobielski bewahrt ihn in einem Einmachglas auf, hat er uns erzählt. Es steht in seinem Küchenschrank, gleich neben der Kiste mit den Gewürzen. Aber ich bin mir nicht sicher, du kennst ihn ja.

Ja.

Ich gehe weg, Bernard.

Wie … was sagst du? Klar kenne ich ihn … Er ist ein Spinner. Er ist einfach … Kobielski. Was soll man dazu sagen?

Ich gehe fort von hier.

Im Einmachglas? Da stimmt doch etwas nicht. Das macht doch kein Mensch. Füttert er eigentlich immer noch die Vögel? Er müsste doch langsam mal kapieren, dass die daran sterben. Der Zucker und das Fett bringen sie um. Die Vögel sterben an Bluthochdruck. Oder sie platzen. Das Brot quillt in ihren Mägen auf, bis sie platzen. In den Büschen wimmelt es nur so von aufgeplatzten Vogelleichen. Und dann kommen die Füchse von den Feldern oder noch schlimmer: die Ratten aus dem Kanal. Wahrscheinlich macht er es genau deswegen. Er ist ein Spinner, dieser Kobielski, ich glaube, das ganze Benzin hat ihm den Verstand vernebelt …

Bernard …

Was ist eigentlich los mit dir, Camille? Deine Stimme klingt hart. Und nenn mich nicht immer Bernard. Das klingt so ernst. Als du mich zum ersten Mal so genannt hast, wusste ich, es kann kein Zurück mehr geben. Ich stand da und fühlte mich plötzlich als Mann. Das war gut, doch es ging auch etwas verloren. Es geht in jedem

*Augenblick etwas verloren. Weißt du noch, wie du mich
früher immer genannt hast? Nenn mich wieder so. Ich
möchte, dass wir uns wieder bei unseren alten Namen
nennen, Camille.*

Ich werde Paulstadt nicht vermissen. Es hat mir nie
etwas bedeutet, das weißt du ja. Aber unsere gemeinsame Zeit, an die werde ich denken. Es war schön,
und dafür danke ich dir, Bernard. Es war viel zu tun in
den letzten Wochen, jetzt ist alles erledigt. Und mit
dem Geld für das Haus wird es gehen. Es ging ganz
schnell. Zwei Unterschriften, das war alles.

Du hast unser Haus verkauft.

Ein Lastwagen für die Möbel. Gestern habe ich noch
einmal Kirschen gepflückt. Einen ganzen Korb voll,
dunkelrot, fast schwarz. Wir werden wieder einen
Garten haben, aber keinen Kirschbaum. Dafür werde
ich die Berge sehen. Weißt du noch, wie sehr ich die
Berge vermisst habe? Bald kann ich sie beim Aufwachen sehen, wenn ich aus dem Fenster schaue, ist
das nicht schön? Und es wird jemand kommen. Es
wird sich jemand um dich kümmern, Bernard. Um
die Pflanzen. Auch um das Unkraut. Sie sollen einmal
im Monat das Moos aus den Ritzen kratzen und den
Stein versiegeln. Und die Platte noch einmal schleifen

und polieren. Ich möchte, dass sich der Mond darin spiegelt.

Hör auf zu weinen, Camille.

Die Blumen sind wirklich schön. Ich glaube, du würdest sie mögen.

Das Haus. Was hast du dafür gekriegt? Was ist mit unserem Schrank? Er ist älter als das Haus. Du kannst ihn nicht einfach so mitnehmen. Er würde den Transport nicht überstehen. Es sei denn, du zerlegst ihn. Aber das Holz ist spröde geworden mit der Zeit. Und wer soll ihn dann wieder zusammenleimen? Weißt du nicht mehr, wie wir davor standen? Wir haben uns vorgestellt, die Maserung wäre eine Landkarte mit Straßen und Wegen, die wir alle einmal bereisen würden. Und du hast gelacht, Camille. Erinnerst du dich denn nicht? Du konntest gar nicht mehr aufhören zu lachen!

Lebwohl, Bernard.

Und versucht nicht, ihn in einem Stück über die Treppen zu kriegen. Er ist zu schwer, er würde auseinanderbrechen. Es geht doch gar nicht um das Zeug, das wir darin aufbewahrt haben. Es zählt nicht. Was war es überhaupt? Werkzeug. Alte Bettwäsche. Weihnachts-

schmuck, solche Sachen eben. Es geht um den Schrank. Und um dein Lachen. Dein Lachen, Camille, verstehst du das denn nicht?

Camille?

KURT KOBIELSKI

Am Abend zuvor hatte ich mich überreden lassen und einen 67er-Transit in Kommission genommen. Er hatte Charakter, und wir hatten den ganzen Vormittag damit verbracht, große, schwarze Rostbrocken aus dem Öltank zu kratzen. Es gab auch einiges zu schweißen. Mittags hatte ich genug. Ich ging in den Stadtpark und setzte mich auf eine Bank. Im Schatten der Kastanien war es kühl. Hoch oben zogen zwei Flugzeuge vorüber und malten ein zerfranstes Kreuz in den Himmel.

Man müsste ihm eine neue Hinterachse gönnen, dachte ich, wenigstens das.

Ein Vogel kam angehüpft. Er blieb eine Weile vor mir hocken und machte nichts. Dann flog er ab. Ich lehnte mich zurück und streckte die Beine durch. Meine Hose war ölig und hatte Löcher an den Knien. Von oben sahen die Knie aus wie kleine weiße Gesichter.

Ich musste ein bisschen grinsen.

Eine Frau in Jeans lief vorüber. Die Jeans waren eng, und ihr Hintern bebte oder wogte oder wackelte, während drüben auf der Rasenfläche ein Hund hin und her rannte. Seine Zunge flatterte neben seinem

Maul wie ein rosaroter Ärmel aus dem Fenster eines Schulbusses, den ich mal gesehen hatte.

Ich war müde, aber auf die angenehme Art. Mir tat nichts weh, ich hatte keinen Hunger und ich hatte keinen Durst.

Ich dachte, vielleicht könnte ich den Transit behalten.

Im Baum über mir raschelte es, und gleich darauf landete ein kleiner, weißer Scheißebatzen direkt neben mir auf der Bank. Flatsch! machte es, und in diesem Moment war mir klar: Heute wird der glücklichste Tag deines Lebens gewesen sein.

Und so war es dann auch.

CONNIE BUSSE

Die Sonne im Fenster. Damit fängt es an. Ich hätte es putzen sollen, denke ich, alle Fenster noch einmal gründlich vor der Abfahrt. Jetzt ist es zu spät. Die Fenster sind wie Magneten für den Staub. Weiß der Teufel, wie er sich ausgerechnet an der glatten Glasoberfläche halten kann. Und Schlieren bildet. Immerzu diese Schlieren.

Freds behaartes Bein reibt sich an meinem. Er weiß schon, wie es geht. Nicht zu fest, aber auch nicht zu sanft. Auf keinen Fall zu sanft. Keine Erregung so früh am Morgen. Nur über diese Nicht-Erregung ist dann vielleicht doch eine Erregung möglich. So lautet die unausgesprochene Abmachung. Seine Fußsohle legt sich wie ein Wärmekissen über meine kalten Zehen. Mit halb unter der Decke verstecktem Gesicht sieht er mich treuherzig an und bewegt rhythmisch sein Kinn. Er sieht aus wie ein Hundewelpe. Das Kratzen der Barthaare auf dem Stoff ist unsere Morgenmelodie. Er sagt: Ich möchte mich in dir vergraben. Ich sage: Ich hätte die Fenster putzen sollen. Er drängt sich an mich und flüstert mir ins Ohr: Es gibt noch ganz andere Dinge zu tun.

Da kommen Maja und der Hund hereingerannt.

Sie ist nackt, das Nachthemd ist irgendwo auf dem Weg vom Badezimmer verlorengegangen. Sie bleibt stehen, sieht uns an, versteht nicht, will nicht verstehen. In ihrem Haar zittern Sonnenflecken. Schließlich lacht sie auf und schmeißt sich zu uns aufs Bett. Geht es heute los? Ja! Wirklich heute? Ja! Der Hund springt vor dem Bett auf und ab und bellt wie verrückt.

Majas Ohr, ganz nah.

Die hauchfeinen Härchen dahinter.

Ihre Wange. Ihre kleine, runde Schulter.

Ihr Lachen. Unser Lachen. Das Bellen des Hundes.

Freds Schnaufen und Grollen, wie ein großes, gefährliches Deckenhöhlentier.

Natürlich ist das Auto bepackt bis obenhin. Als wäre es keine Fahrt in den Urlaub, sondern ein Umzug. Ist es ja auch, sagt Fred, ein Umzug der Gewohnheiten. Und packt eine große Kiste mit Büchern ein. Er hat sie alle gelesen. Die meisten davon mehrmals. Eines hat er sogar geschrieben. Es ist eine Art Heimatchronik und trägt den Titel *Paulstadt, Gemeinde ohne Nachbarschaft*. Er hat es nur geschrieben, um es ständig mit sich herumzutragen und damit bei Bedarf seine Arbeit als Gemeindebibliothekar zu rechtfertigen. Er braucht das Vertraute, sagt er, die Fremde ist ihm fremd genug. Aber jetzt überprüft er erst einmal das

Öl. Und das Wasser. Auch den Reifendruck. Er tut das, indem er mit den Fingern unbeholfen an den Seiten der Reifen herumtastet. Es ist eine ernste Angelegenheit. Wegen solcher Bemühungen habe ich ihn einmal geliebt. Maja quengelt. Ihr Wasserball muss aufgeblasen werden. Er kann nur aufgeblasen mit, sonst sieht man das Delphingesicht nicht, anders ist die Abfahrt nicht möglich. Fred bläst ihn auf. Seine frisch rasierten Backen sind rosig und glänzen. Maja ist zufrieden. Fertig? Fertig. Decke, Kind und Hund auf die Rückbank. Los geht's. Einsteigen. Abfahrt. Zur Heckscheibe lachen Maja und das blaugelbe Delphingesicht heraus. Geht Paulstadt unter, Mama? Ja, mein Schatz, so wie alles in der Welt.

Die Felder. Hinten die schmalen, dunklen Bäume.

Freds Hände auf dem Lenkrad. Seine Finger im Takt zu »Let's Get It On«.

Ein Lastwagen voller Schweine. Ihre Ohren und Schnauzen zwischen den Holzlatten.

Mein Gesicht in der Fensterscheibe der Grenzstation.

Das träge Winken des Beamten.

Die gelbe Landschaft. Zitronen. Oliven. Bauruinen. Und tatsächlich am Straßenrand: ein Esel.

Majas Geräusche im Schlaf.

Meine Hand im offenen Fenster.

Unser Ferienhaus liegt ein Stück oberhalb des kleinen Küstenortes mit Blick über den Hafen aufs Meer. Früher gab es Fischerei, heute nur noch Folklore. Ein paar Restaurants und Touristenbars, ein halbes Dutzend Souvenirläden, der kleine Strand und gleich dahinter das zehnstöckige Hotel mit Abendtanz an der Poolbar. Fred liebt den Ort. Er meint, er sei nicht hässlich genug, um abzustoßen, aber auch nicht schön genug, um sich unnötig zu erregen. Seltsamerweise gebe ich ihm Recht. Nichts hier ist zu viel, fast alles reicht eben mal so aus. Das hat etwas Beruhigendes, außerdem können wir es uns leisten. Wir sind zum vierten Mal hier und Maja erkennt »ihre« Sachen wieder. Das Zimmer mit dem blauen Bett. Das Buddelzeug in der Garage. Den Schimmelfleck an der Küchendecke, der stetig seine Form verändert und in diesem Jahr aussieht wie das Profil eines wütenden Mannes mit Hut. Vormittags gehen wir baden, nachmittags sitzen wir auf der Terrasse und abends essen wir im einzigen echten Fischrestaurant an der Hafenpromenade. Umberto, unser Vermieter, hat uns erzählt, der Fisch käme tiefgekühlt aus Norwegen, daher der gute Geschmack. Es ist uns recht. Die Hafenluft wenigstens ist italienisch, das Gemüse wahrscheinlich auch.

Wir liegen am Strand und sehen Maja beim Buddeln zu. Sie hockt bis zu den Schultern in einem Loch und gräbt sich immer tiefer ein, ernst und konzentriert. Schau mal, das ist unser Kind, sagt Fred. Ja, sage ich, ich glaube, es ist ein bisschen dumm. Schon, sagt Fred, aber ansonsten ist es ganz gut geworden. Wir nicken beide. Ich versuche ein Lächeln. Es ist unerträglich heiß. Ich schwitze unterm Sonnenöl. Eigentlich müsste ein Wind wehen, vom Meer her. Weit draußen schaukeln zwei Touristenboote. Aber es geht kein Wind, nichts bewegt sich, und an meiner Stirn klebt Sand. Ich mag keinen Sand. Er klebt an der Stirn und unter den Achseln und zwischen den Zehen und reibt die Haut auf. Ich habe einmal gelesen, dass an der Oberfläche eines Sandkorns mehr Bakterien leben als Menschen in einer durchschnittlichen Kleinstadt. Fred meint, das sei Unsinn, aber insgeheim denkt er wie ich. Es sind solche Augenblicke, in denen wir uns verstehen. Maja möchte jetzt ein Eis. Du hattest schon zwei, sage ich. Sofort beginnt sie zu heulen und lässt sich fallen. Sie kippt einfach nach vorne und heult heftig in den Sand hinein. Ich sage: Das war's wohl jetzt. Fred sagt: Niemals! Er springt auf, packt unser jetzt schon wieder lachendes Kind, legt es sich über die Schulter und rennt mit ihm ins Wasser. Ich lege mir meinen Sonnenhut aufs Gesicht und höre sie prusten und schreien. Jetzt, da mein Mund im Verborgenen liegt, mache auch ich Geräusche. Ein leises Schnalzen mit der Zunge, ein Summen und Brummeln unterm sonnenwarmen Stroh.

Auf dem Rückweg vom Strand rutsche ich beim Klettern über einen Betonbrocken aus und reiße mir das Handgelenk an einem Metallteil auf. Die Wunde ist nicht tief und höchstens zwei Zentimeter lang, aber aus irgendeinem Grund nimmt mich der Anblick der offenen Haut ungewöhnlich mit, und ich hocke mich hin und starre auf das Blut, das zwischen meinen Füßen auf den Stein tropft. Nicht so schlimm, sagt Fred gut gelaunt, wir machen ein bisschen Verband drüber, und das war's. Aber das blöde Ding war rostig, sage ich. Komm schon, du bist doch ein großes Mädchen, sagt er und lacht wie ein Fünfzehnjähriger.

Die Tage gehen dahin. Es stellt sich Erholung ein, die eigentlich nur eine zunehmende Erschlaffung ist. Es ist zu heiß, um spazieren zu gehen, ein Buch aufzuschlagen oder es wenigstens miteinander zu treiben. Selbst die Gedanken scheinen in der Hitze zu verdunsten. Über dem Meer liegt seit Tagen eine unbewegliche Wolkendecke. Sie ist grau und wechselt gegen Abend ins gelblich Rote. Das sieht schön aus, doch Maja meint, der Himmel sei krank und hätte Fieber. Wenigstens ihr geht es gut. Alles gefällt ihr, über alles kann sie lachen. Über den kranken Himmel. Über das lustige Meer. Über die trüben Fischaugen auf dem Teller. Über Erdbeereis, das als rosarote Schlange über den Handrücken kriecht. Über Freds Verrenkungen im Wasser. Seit dem Sturz gehen Fred und Maja ohne mich zum Strand. Die Wunde hat sich entzündet, ich trage einen Verband ums Handgelenk und möchte nicht, dass er mit Sand und Dreck und Salzwasser in Berührung kommt. Fred wechselt ihn jeden Morgen und Maja malt anschließend ein kleines Gesicht darauf. Es lacht und soll mich trösten. Das tut es auch. Die Vormittage verbringe ich bei offenem Fenster auf dem Bett. Ich genieße es, alleine zu sein. Der Hund zählt nicht. Er liegt an der Tür, meistens schläft er, dabei hängt ihm die Zunge wie ein Lappen aus dem Maul.

Das Hecheln des Hundes.

Das leise Quietschen des Deckenventilators.

Das Meeresrauschen gibt es nicht. Es ist das Rauschen von der Straße hinterm Hügel.

Das Rauschen.

Das Hecheln.

Das Quietschen.

Der weiße Himmel.

Der weiße Raum.

Sie stürmen herein und riechen nach Meer. Fred reißt sich sein T-Shirt vom Körper und macht Liegestütze auf dem Boden. Dabei berührt sein Bauch jedes Mal mit einem schmatzenden Geräusch die Fliesen. Sein Rücken ist knallrot, aus seinen Haaren rieselt Sand. Er gibt gluckernde und blubbernde Laute von sich und kriecht dann zum Bett und wieder zurück zur Tür. Die kleine Pfütze, die die Hundezunge hinterlassen hat, sieht er nicht. Er ist jetzt ein Krebs. Maja auch. Wir sind Krebse und haben dir das Meer mitgebracht, schreit sie und schüttet einen Eimer mit nassen Muscheln und Steinchen aufs Bettlaken. Ich tue so, als würde ich mich freuen. Haha, schreie ich, haha!

Nachts werde ich vom Knarren und Klatschen der Fischerboote im Hafen geweckt. Wind ist aufgekommen und kündigt schweres Wetter an. Fred atmet tief und ruhig. Sein Mund ist halb offen. Er sieht aus wie früher. Ich schleiche hinüber in Majas Zimmer, beuge mich übers Bett und betrachte ihr Gesicht. Es ist so schön, dass ich heulen könnte. Ich weiß nicht, warum sich alles, was ich in Ruhe tue, immer wie Abschied anfühlt.

Nur noch zwei Tage bis zur Heimreise. Das Gewitter war schlimm. Die Wucht der Wellen hat eines der Touristenboote gegen die Kaimauer gedrückt und ein großes Loch ins Holz gerissen. Umberto meint, da sei nichts mehr zu machen, aber selbst schuld: Das Boot sei mindestens fünfzig Jahre alt und werde nur noch von der Farbe und den Gebeten des Eigners zusammengehalten. Brennholz für das Feuer zum Hafenfest. Maja weint. Sie kann nicht sagen, warum, schluchzt haltlos in meinen Armen. Später meint sie, sie sei traurig wegen des Hafenfestes, das wir nicht mehr miterleben werden. Außerdem täte ihr das Boot leid. Das Loch sähe aus wie von einem Unterwassertier gerissen. Gewiss müsse es jetzt sterben. Im Bad ziehe ich ihr die Bluse aus und drücke mein Gesicht in den feuchten Fleck ihrer Tränen.

Am letzten Tag sitzen Fred und ich auf der Terrasse und blicken aufs Meer. Maja schläft in unserem Bett. Ich habe vor etwa zwanzig Minuten ein seliges Lächeln aufgesetzt, das einzig für Fred bestimmt ist. Es soll meine Grundzustimmung zu ihm, zu den vergangenen Urlaubstagen und zum Leben allgemein signalisieren. Starr lächelnd blicke ich in die Ferne und sage: Hier am Meer wird mir immer bewusst, wie sehr ich die Freiheit brauche. Die Unendlichkeit mit all ihren Möglichkeiten von Nähe und Distanz. Fred sagt: Aha. Ich sage: Es ist wirklich das Paradies. Fred sagt: Ja, aber nach dem Gewitter stinkt es ein bisschen, ich glaube, es sind die Algen, die dort hinten treiben. Ich nehme einen Schluck von meinem Orangensaft, dann lege ich meine Hand auf seinen Unterarm und sage: Du kannst nicht zulassen, dass es das Paradies ist, weil du Angst hast, daraus vertrieben zu werden. Deine Angst, vertrieben zu werden, ist so groß, dass du die Vorstellung vom Paradies vertreiben musst, ehe sie überhaupt in dir entstehen kann. Das könnte natürlich sein, sagt er. Ich ziehe meine Hand zurück und nehme noch einen Schluck Saft. Über uns kreischen die Möwen. Er sagt: Die Algen breiten sich an der Oberfläche aus. Sie bilden einen dicken, glibberigen Teppich, der an der Sonne verfault und alles Leben darunter erstickt. Ich sehe ihn an und sage: Du bist ein Schwachkopf. Aber so etwas sagt man doch nicht, mein Hase, sagt Fred, das ist doch ein Wort aus den Fünfzigern und kommt nur noch in Groschenromanen oder in irgendwelchen verkitschten Fernsehschnulzen vor. Wie soll ich dich denn sonst nennen, frage ich. Weiß nicht, sagt Fred, Trottel? Wenn Maja nicht in unserem Bett schliefe, könnten wir beide uns jetzt hineinlegen, sage ich. Er sieht mich von der Seite an und sagt: Ich liebe dich. Ich hasse das. Es zwingt einen zu antworten. Es ist nicht möglich, auf *Ich liebe dich* nicht zu antworten. Ich trinke noch einen großen Schluck Saft. Er schmeckt außergewöhnlich süß und gut. Ich trinke langsam das Glas leer und stelle es ab. Dann sage ich: Ich liebe dich auch.

In diesem Moment kommt Umberto um die Ecke. Sein Gesicht ist rot und feucht, als hätte er Fieber. Kommen Sie bitte, sagt er, ich glaube, es ist etwas passiert. Wir gehen hinter ihm her, ums Haus herum. Durch das Fenster werfe ich einen Blick auf Maja. Sie schläft, neben ihr im Bett liegt der Ball mit dem Delfingesicht. Kommen Sie, sagt Umberto. Wir gehen ein paar hundert Meter die Straße entlang, die sich den hitzeverbrannten Hügel hinaufschlängelt. Schauen Sie dort, sagt Umberto. Am Straßenrand liegt unser toter Hund. Sein Fell ist wirr und schmutzig. Am Bauch klafft ein Riss, aus dem so etwas wie eine bläulich schimmernde Blase quillt. Fliegen schwirren herum. Fred stöhnt auf. Es ist ein Laut, wie ich ihn erst einmal vor vielen Jahren von ihm gehört habe. Er hebt beide Hände, als wollte er jemanden begrüßen, lässt sie dann wieder sinken, läuft zu dem Hund und fällt neben ihm auf die Knie. Umberto sagt: Es war ein Auto, die Kurven sind eng. Ja, sage ich, ein Auto. Er sagt: Es tut mir leid. Ich nicke. Fred schiebt seine Arme unter den Körper und versucht ihn zu bewegen. Er krault das Fell hinter den Ohren und verscheucht mit wedelnden Händen die Fliegen. Es ist merkwürdig, ausgerechnet jetzt muss ich daran denken, wie wir uns zum ersten Mal gesehen haben. Er stand mit einem Stück Kuchen in der Hand vor dem Papierwarenladen in der Marktstraße. Ich sah sein Gesicht in der Auslagenscheibe gespiegelt, und ich sah, wie ein paar Krümel seines Kuchens auf den Boden fielen. Er war weder hübsch noch sonst irgendwie auffällig, aber etwas an seiner Art rührte mich. Ich glaube, er tat mir leid.

Hinter uns taucht Maja auf. Barfuß und im Badeanzug steht sie auf der Straße, die Hände zum Schutz gegen die Sonne über die Augen gelegt. Mama?, sagt sie, Mama? Geht ins Haus, sagt Fred. Nimm, verdammt noch mal, unser Kind und geh mit ihm ins Haus!

Ich stelle mir vor:
　　Die beiden Männer auf dem Hügel.
　　Ihr Keuchen.
　　Ihr stummer Ernst.
　　Die Hände.
　　Der Schweiß an Freds Stirn, an seinem Nacken.
　　Das dumpfe Geräusch der Erdklumpen auf dem toten Körper.

Wir fahren noch am selben Abend. Umberto schenkt uns zwei Flaschen Rotwein zum Abschied. Er hebt Maja hoch und sagt: Nächstes Jahr bist du schon zu schwer für mich. Sie wirft ihren Kopf in den Nacken und blickt gegen die Zimmerdecke. Fred sitzt am Steuer, er ist entschlossen, bis zuhause durchzuhalten. Bei der Abfahrt winken wir. Umberto ruft etwas Unverständliches, dann ist er weg. Die Nacht ist warm. Der Himmel ist bewölkt. Kaum Sterne. Hin und wieder der Mond. Die Straßen sind ruhig, es gibt wenig Verkehr. Es wird gutgehen, sagt Fred. Bestimmt, sage ich. Alles hier drinnen riecht nach ihm, sagt er. Ja, sage ich, wir sollten das Auto reinigen lassen, Kobielski bietet neuerdings eine Grundreinigung an. Was soll das sein, fragt Fred, eine Grundreinigung? Sie machen alles, sage ich, vom Auspuff bis zu den Fußmatten. Sie fegen sogar die Krümel aus dem Handschuhfach. Welche Krümel, fragt Fred. Ich sage: Ich weiß nicht, irgendwelche Krümel eben. Fred macht das Autoradio an. Wie oft haben wir das Lied gehört, fragt er. Keine Ahnung, sage ich, haben wir es überhaupt schon mal gehört? Er macht es wieder aus. Ich öffne das Fenster. Das Zirpen der Grillen scheint die ganze Luft zu füllen. Mach es wieder zu, Maja schläft, sagt Fred. Ich mache das Fenster wieder zu und klemme meine Hand zwischen die Schenkel. Die Wunde unterm Verband tut weh. Der Schmerz ist pochend und heiß. Ich schließe die Augen und lehne den Kopf zurück. Im Halbschlaf denke ich: Das hast du verdient, das ist die Strafe. Aber wofür? Ich wache auf und sehe die Lichter der Nacht vorbeiziehen. Wir fahren, ohne zu reden. Dann plötzlich sagt Fred: Sie hat keine einzige Frage gestellt, verstehst du das? Sie ist ein Kind, sage ich. Seit wann stellen Kinder keine Fragen, sagt er, ich meine, immerhin ist ihr Hund überfahren worden. Vielleicht weiß sie, dass es keine Antworten gibt, sage ich, außerdem war es unser Hund. Manchmal bist du mir ein bisschen zu gescheit, sagt er, da komme ich nicht mit. Ich sage: Hör auf damit.

Mit dem Sonnenaufgang wird Maja wach. Wie weit noch? Wir sind bald da, mein Schatz. Siehst du dort die Bäume, es sind Pappeln, keine Zypressen. Pappeln sind die Wächter der Felder. Sie passen auf unsere Kartoffeln auf. Auch auf die Tomaten? Auch auf die Tomaten, vor allem auf die.

Ich wickle den Verband vom Handgelenk. Lass das, sagt Fred, wenn wir zuhause sind, gehen wir zum Arzt. Die Wunde ist dunkel und nass, an den Rändern hat sich die Haut entzündet. Ich öffne das Fenster und halte den Arm in den Fahrtwind. Was ist das für ein Strich, Mama? Was meinst du, Schatz? Der rote Strich an deinem Arm, schau mal, er sieht aus wie eine Straße. Ja, du hast recht, Schatz, es ist eine schmale rote Straße.

Im Morgendunst vor uns taucht die Silhouette Paulstadts auf. Fred schlägt mit beiden Händen gegen das Lenkrad und ruft: Siehst du, du hattest unrecht, es ist nicht untergegangen, es lebt!

Ja, schreit Maja, es lebt! Es lebt!

Auf dem Zubringer kommt uns der erste Schwung Pendler entgegen. Maja winkt. Niemand winkt zurück. Es wird ein guter Tag, sagt Fred, der Sommer ist noch nicht zu Ende, noch lange nicht. Ich sehe eine Bewegung über dem Feld, etwas wie ein huschender Schatten. Und keine Wolke. Kein Vogel. Nichts als der weite, weiße Himmel. Ich glaube, ich möchte jetzt gleich zum Arzt, sage ich, ist vielleicht besser. Fred sieht mich an. Dann schaltet er einen Gang zurück und gibt Gas. Von jetzt an geht es schnell.

Als Lebender über den Tod nachdenken. Als Toter vom Leben reden. Was soll das? Die einen verstehen vom anderen nichts. Es gibt Ahnungen. Und es gibt Erinnerungen. Beide können täuschen.

Erinnert euch, da war Richard Regnier. Der, den sie den Verrückten nannten. Mag sein, dass er ein bisschen verrückt war, aber das war ich auch, und das war ja gerade das Gute. Dachte ich jedenfalls und denke ich immer noch, wenn man von denken überhaupt reden kann. Wir waren nicht unbedingt das, was man Freunde nennt. Wir erzählten uns keine Geheimnisse oder so etwas. Wir waren einfach gerne zusammen, mehr gibt's dazu nicht zu sagen.

Eines Abends hatten wir uns auf dem Rathausplatz verabredet. Wir wollten rüber zum Goldenen Mond auf ein oder zwei Gläser. Er hatte seinen Overall und seine verdreckten Arbeitsschuhe an. »He, Regnier«, sagte ich zu ihm. »Heute bezahle ich.«

»Ja«, sagte er, »mach das mal.«

Wir gingen langsam und machten ein paar Umwege. Es war einer der letzten warmen Abende im Herbst. Wolken waren aufgezogen. Die Luft war feucht und mild. Regnier holte zwei Äpfel aus einer

Tasche seines Overalls. Wir aßen sie im Gehen, und ich habe keine Ahnung, warum uns ausgerechnet diese beiden Äpfel an diesem einen Abend so gut schmeckten.

Die Tür zum Mond stand offen, der saure Geruch von verschüttetem Bier drang ins Freie. An der Theke saßen zwei Männer. Plötzlich lachte einer der beiden schallend auf, dann ließ er den Kopf nach vorne sinken und bewegte sich nicht mehr.

»Komm«, sagte Regnier. »Wir gehen noch ein Stück.«

Wir zogen ein paar Runden um die Marktstraße, liefen an der Schule vorbei und weiter in Richtung Stadtrand. Alle paar Meter pflückte Regnier etwas von einem Strauch oder einer Hecke, steckte es sich in den Mund und kaute darauf herum.

»Was ist das?«, fragte ich.

»Grünzeug«, sagte er. »Du glaubst nicht, was hier alles vor deiner Nase hängt.«

Mittlerweile war es Nacht. In den Fenstern brannte kaum noch Licht. Über den Bäumen stand der Mond. Wir ließen die letzten Gärten hinter uns und gingen über einen Feldweg weiter. Hier draußen ging ein leichter Wind und wehte uns den Geruch von Düngemittel entgegen. Wir liefen eine ganze Weile, ohne ein Wort zu wechseln. Plötzlich blieb Regnier stehen.

»Ich möchte dir etwas zeigen«, sagte er.

»Was denn?«

»Erst muss der Mond verschwinden.« Er drehte sich um und deutete auf die graue Wolkenwand, die sich über der Stadt erhob.

»Gibt sicher Regen«, sagte ich.

»Schön wär's«, sagte er und zog ein Päckchen Zigaretten aus der Tasche.

»Seit wann rauchst du?«, fragte ich ihn.

»Weiß nicht«, sagte er. »Immer schon.«

Wir steckten uns Zigaretten an. Das Streichholz flammte zwischen unseren Gesichtern auf, und für einen Moment fühlte ich mich wie am Lagerfeuer. Zwei Jungs, irgendwo draußen in der Wildnis. Wir rauchten und sahen zu, wie sich die Wolken langsam vor den Mond schoben.

»Du magst sie, oder?«, fragte Regnier unvermittelt.

»Wen?«

»Ach komm …«

»Keine Ahnung«, sagte ich. »Ich hab nie mehr als ein paar Worte mit ihr geredet.«

»Du magst sie«, wiederholte er.

Ich zuckte mit den Schultern. »Du musst dir mal ihre Hände ansehen. Die sind ganz schmal und weiß.«

»Nicht die Fingernägel. Die haben einen dunklen Rand, von der Blumenerde.«

»Ja. Und jetzt?«

»Ich weiß nicht. Ich kenne mich mit diesen Dingen nicht aus. Ich mag sie. Du magst sie. Mehr gibt's dazu nicht zu sagen.«

»Nein«, sagte ich. »Wahrscheinlich nicht.«

Dunkelheit legte sich über die Felder. Es war, als ob erst jetzt die Nacht hereinbräche.

»Es geht los«, sagte Regnier.

Er deutete in die Richtung, in der das Paulstädter Freizeitzentrum lag. In der Ferne erhob sich kaum erkennbar die Silhouette aus der Ebene.

»Ich sehe nichts«, sagte ich.

»Warte«, sagte er.

Ich starrte in die Dunkelheit. Ich hörte, wie Regnier sein Gewicht von einem Bein aufs andere verlagerte und wie unter seinen Füßen die Erde knirschte, und ich dachte an ihre Hände, an den dunklen Rand ihrer Fingernägel.

»Jetzt«, sagte er.

Erst war nichts zu sehen, bloß ein schwarzer Hügel in der schwarzen Nacht. Doch dann sah ich, wie am unteren Rand ein Licht aufglomm. Es war ein weiches, schwebendes Licht, das sich plötzlich in die Länge zu ziehen schien und einen schimmernden Bogen in die Finsternis zeichnete. Und im selben Augenblick begann der Hügel darunter zu leuchten. Er leuchtete in einem auf- und abschwellenden, zarten, fast durchsichtigen Blau, wie eine vom Mond beschienene Welle. Oder wie der Rücken eines riesigen, atmenden Käfers. Es war ein Wunder, dort vor uns in der Dunkelheit. Es dauerte ein paar Sekunden, dann war es vorbei, das Leuchten erlosch.

»Es ist der Autobahnzubringer«, sagte Regnier. »Um die Zeit ist es gut. Es gibt kaum Verkehr. Vier Scheinwerfer sind schon zu hell. Und es müssen Wolken am Himmel sein. Aber kein Regen, sonst ist es zu dunkel. So ist es genau richtig.«

Wir warteten noch drei weitere Wagen ab, dann kehrten wir um und machten uns auf den Heimweg.

»Man müsste auch mal raus hier«, sagte ich.

»Ja«, sagte Regnier. »Das müsste man mal.«

Wir verabschiedeten uns unter dem alten Baum am Kernerplatz. Ich blickte ihm eine Weile nach, dann ging ich in die entgegengesetzte Richtung davon. Ich schlenderte über Seitenwege und an der alten Friedhofsmauer entlang in Richtung Marktstraße. Der Wind war stärker geworden und erzeugte in den Baumkronen ein leises Rauschen. Ich war müde, aber durch die Erinnerung an das, was ich draußen in den Feldern gesehen hatte, fühlte ich mich leicht und frei. Als ich an die Marktstraße kam, fielen die ersten dicken Tropfen, und an Sophie Breyers Tabakladen schüttete es schon wie aus Eimern. Für einen Moment stellte ich mir vor, wie es wäre, einfach im Regen stehen zu bleiben, das Gesicht zum Himmel gewandt. Doch dann begann ich zu laufen, zu rennen, denn die Straße war menschenleer und ich wollte meine Schritte in den Pfützen klatschen hören.

Was Regnier betrifft: Er war eines Tages plötzlich verschwunden. Niemand in Paulstadt wusste, wo er abgeblieben war. Er hatte sich von niemandem verabschiedet und niemand hatte ihn gehen gesehen. Er war einfach weg. Ich habe noch oft an ihn gedacht. Ich habe vergeblich versucht, mir vorzustellen, was für ein Mensch er eigentlich war.

Die Jahre vergingen, und ich wurde alt und starb. Zu meiner Beerdigung blühte der Holunder und es kamen überraschend viele Menschen. Regnier war nicht unter ihnen. Er kam nicht, weil er vor mir gegangen war, und das habe ich ihm nie verziehen.

Steht meine Bank noch? Und die Birke?